新・知らぬが半兵衛手控帖

出戻り

藤井邦夫

双葉文庫

目次

出戻り

新・知らぬが半兵衛手控帖

江戸町奉行所には、与力二十五騎、同心百二十人がおり、南北合わせて三百人ほどの人数がいた。その中で捕物、刑事事件を扱う同心は所謂〝三廻り同心〟と云い、各奉行所に定町廻り同心六名、臨時廻り同心六名、隠密廻り同心二名とされていた。

臨時廻り同心は、定町廻り同心の予備隊的存在だが職務は全く同じである。そして、定町廻り同心を長年勤めた者がなり、指導、相談に応じる先輩格でもあった。

第一話　脅し文

一

月番の北町奉行所は表門を八文字に開け、朝から様々な者たちが出入りしていた。

臨時廻り同心の白縫半兵衛は、岡っ引の本湊の半次と下っ引の音次郎を従えて表門を潜った。

「じゃあ、半次、音次郎、ちょいと顔を出して来る。腰掛で待っていてくれ」

半兵衛は、半次と音次郎に告げて同心詰所に進んだ。

半次と音次郎は、半兵衛を見送って表門脇の腰掛に向かった。

「おはよう……」

半兵衛は、当番同心に顔を見せて直ぐに同心詰所を出ようとした。

「おはようございます。半兵衛さん」

当番同心は、半兵衛に笑い掛けた。

どうやら、吟味方与力の大久保忠左衛門は未だ出仕していないようだ。

「うん。ではな……」

半兵衛は、当番同心に笑い掛けて同心詰所を出た。

「待たせたな……」

半兵衛は、半次と音次郎の待つ表門脇に戻った。

「いえ……」

半次と音次郎は、腰掛から立ち上がった。

どうやら、忠左衛門に面倒を押し付けられる前に北町奉行所を出て、市中見廻りに行けそうだ。

半兵衛は、表門に向かおうとした。

「おお、半兵衛。丁度良かった……」

忠左衛門の嗄れ声がした。

あっ……。

半兵衛は、思わず声を上げた。

忠左衛門が顔の皺を深くして取って置きの笑顔を作り、筋張った細い首を伸ばして表門から入って来た。

半兵衛は項垂れた。

忠左衛門は半兵衛を用部屋に招いて、折皺の付いた一枚の紙を差し出した。

「此を見てみろ……」

「はあ……」

半兵衛は折皺の付いた紙を手に取って、書かれている文を読んだ。

紙には、『押し込まれたくなければ、五十両を用意しろ。夜狐の長次郎……』と書かれていた。

「夜狐の長次郎……」

半兵衛は、戸惑いを浮かべた。

「うむ……」

忠左衛門は、筋張った細い首を伸ばして頷いた。

「何ですか、此は……」

半兵衛は眉をひそめた。

「うむ。どうやら、夜狐の長次郎なる盗賊の押し込みの予告状のようだ」

忠左衛門は読んだ。

「押し込みの予告状……」

「うむ。昨夜、室町にある角屋と申す呉服屋の主喜左衛門が訪れ、此の結び文がいつの間にか店に投げ込まれていたと申してな」

忠左衛門は、厳しい面持ちで告げた。

「ですが、大久保さま。押し込まれたくなければ、五十両を用意しろとは……」

半兵衛は首を捻った。

「分からぬ……」

忠左衛門は、怒ったように細い首の筋を引き攣らせた。

「分かりませんか……」

「うむ。そこでだ半兵衛。此の結び文を調べるのだ」

忠左衛門は、筋張った細い首を伸ばして命じた。

否応はない……。

「心得ました。ならば、その結び文、預からせて戴きます」

半兵衛は、覚悟を決めた。

一石橋は外濠に続く日本橋川に架かっており、袂には古い蕎麦屋があった。

半兵衛は、半次と音次郎を伴って蕎麦屋に入り、蕎麦を頼んで座敷に上がった。そして、室町の呉服屋『角屋』に投げ込まれた結び文を見せた。

半次と音次郎は、結び文を読んで戸惑いを浮かべた。

「半兵衛の旦那、夜狐の長次郎なんて盗賊を御存知ですか……」

半次は訊いた。

「いや。私も初めて聞く名前だよ」

「本当にいるんですかね、夜狐の長次郎……」

半次は首を捻った。

「じゃあ、押し込まれたくなければ、五十両を用意しろなんて、意味が分からないし、悪戯じゃありませんか……」

音次郎は、運ばれた蕎麦を威勢よく手繰った。

「かもしれないが、ま、探ってみる必要はあるだろうね」

半兵衛は苦笑した。

「ええ。じゃあ、あっしは隙間風の父っつあんに夜狐の長次郎を知っているか、訊いてみますか……」

餅は餅屋だ……。

半次は、老盗人の隙間風の五郎八なら知っているかもしれないと読んだ。

「そうしてくれ。私は呉服屋の角屋の喜左衛門に逢ってみる」

「はい。音次郎、旦那のお供をしな」

「合点です」

半兵衛は、音次郎を従えて呉服屋角屋に行き、半次は盗人隙間風の五郎八の許に急いだ。

日本橋の通りは、多くの人が行き交っていた。

室町三丁目浮世小路の入口に呉服屋の『角屋』はあり、客で賑わっていた。

半兵衛と音次郎は、行き交う人越しに呉服屋『角屋』の周囲を窺った。

呉服屋『角屋』の周囲に、不審な者は見当たらなかった。

「よし。旦那の喜左衛門に逢って来る。音次郎は此のまま、角屋を窺う不審な者が現れないか、見張っていてくれ」

半兵衛は命じた。

「はい。合点です」

音次郎は頷いた。

半兵衛は音次郎を残して、呉服屋『角屋』の横手に廻って行った。

呉服屋『角屋』の母屋の座敷は、店の賑わいとは違って静けさに満ちていた。

半兵衛は、手入れのされた庭を眺めながら出された茶を啜った。

呉服屋『角屋』は、主の喜左衛門が一代で築いた店であり、金蔵には千両箱が積まれていると専らの噂だった。

商売上手……。

半兵衛は、喜左衛門をそう見た。

「お待たせ致しました。角屋の主の喜左衛門にございます」

白髪頭の喜左衛門は、半兵衛の前に座って頭を下げた。

「私は北町奉行所の白縫半兵衛。大久保さまの指図で探索する事になったが、その後、夜狐の長次郎は何か云って来たかな……」

半兵衛は尋ねた。

「それが白縫さま、今朝方、店に此の結び文が投げ込まれました……」

喜左衛門は、折皺の付いた紙を差し出した。

半兵衛は、折皺の付いた紙を手に取った。

折皺の付いた紙には、『押し込まれたくなければ、今夜、西堀留川の堀留傍の稲荷堂の祠に五十両を入れて置け。夜狐の長次郎』と書かれていた。

「今夜、堀留傍の稲荷堂の祠に五十両か……」

半兵衛は、折皺の付いた結び文を見詰めた。

「はい。どうしたら良いでしょう」

喜左衛門は、半兵衛に探る眼差しを向けた。

「そうだねえ……」

半兵衛は、小さな笑みを浮かべた。

金龍山浅草寺の境内は、参拝客で賑わっていた。

半次は境内を見廻して、老盗人の隙間風の五郎八を捜した。

老盗人の隙間風の五郎八は、悪辣な商売をしている旦那の店や評判の悪い旗本の屋敷にだけ押し込む自称義賊だ。

半次は、境内に緑色の羽織を着た小柄な年寄りを捜した。

緑色の羽織を着た五郎八は、茶店の縁台に腰掛けて茶を啜りながら参拝客を眺めていた。

昼間から商売女を連れたお店の旦那や威張り散らす武士を捜している……。

半次は苦笑し、五郎八に近付いた。

「やあ。隙間風の父っつあん……」

「こりゃあ親分……」

五郎八は、老顔を綻ばせた。

半次は茶店の娘に茶を頼んで、五郎八の隣に腰掛けた。

「義賊の隙間風の五郎八が押し込む程の相手はいたかい……」

半次は笑い掛けた。

「そいつが中々……」

五郎八は苦笑した。

「そうかい……」

半次は、運ばれて来た茶を飲んだ。

「で、知らん顔の旦那にお変わりはありませんか……」

「ああ。処で父っつあん、訊きたい事がある」

「さあて、何かな……」

「夜狐の長次郎ってのを知っているかな」

半次は、五郎八を見据えた。

「夜狐の長次郎……」

五郎八は眉をひそめた。

「ああ……」

「夜狐の長次郎。聞き覚えのある名前だな。うん……」

五郎八は、己の言葉に頷いた。

「いつ、何処で聞いた……」

「そいつは、覚えちゃあいないな……」

五郎八は首を捻った。

「じゃあ、どんな盗人かな……」

「噂じゃあ、たしか、江戸で名高い文人墨客の名を騙って狙った屋敷に潜り込み、金やお宝を奪って消えるって盗人だったと思うが……」

「ほう、そんな盗人か……」

「ああ、本当にいたとはな。それで、その夜狐の長次郎、何処かに押し込んだのかい……」

「いや。室町の呉服屋に、押し込まれたくなければ五十両出せと、脅しを掛けてきてな」

半次は告げた。

「脅しを、そいつは面白い……」

五郎八は、老顔を綻ばせた。

「面白がっている場合じゃあない」

半次は苦笑した。

「で、親分。狙われた呉服屋の旦那、どんな評判かな……」

「今、半兵衛の旦那が行っているよ」

「呉服屋の旦那、いつ押し込まれるかと心配し続けるか、さっさと五十両払って片付けるか、どうするんですかねえ」

五郎八は、面白そうに笑った。

「さあな……」

「で、室町の呉服屋、何て屋号の店かな……」

五郎八は尋ねた。

室町三丁目の浮世小路を進むと西堀留川の堀留があり、傍らに稲荷堂があった。

半兵衛は、音次郎と共に西堀留川に架かっている雲母橋から稲荷堂を眺めた。

稲荷堂の前の通りには、それなりに人が行き交っていた。

「夜、あのお稲荷さんの祠に五十両ですか……」

音次郎は、稲荷堂を見詰めた。

「うん。で、夜中に夜狐が秘かに取りに来るって手筈だな」

半兵衛は読んだ。

「五十両か、値の張るお供えの油揚げですね」

音次郎は呆れた。

「ま、押し込まれて何百両か奪われ、死人や怪我人が出る事を思えば、五十両は安いお供えだな……」

半兵衛は苦笑した。

「そうですねえ……」

音次郎は、腹立たしさを過ぎらせた。

半兵衛は、稲荷堂の見える範囲を見廻した。

稲荷堂の向かい側に煙草屋があり、老婆が店番をしていた。

「音次郎……」

半兵衛は、音次郎を促して煙草屋に向かった。


「邪魔するよ」

半兵衛は、居眠りをしていた店番の老婆に声を掛けた。

「お、お出でなさい……」

店番の老婆は、驚いたように目を覚まして半兵衛と音次郎を迎えた。

「やあ。婆さん、国分を一袋、貰おうか」

半兵衛は笑い掛けた。

「こりゃあ旦那。只今、只今……」

老婆は、巻羽織の半兵衛を町奉行所同心と気が付き、国分一袋を愛想良く出した。

「国分一袋、三十文です」

「うん。釣りはいらないよ」

半兵衛は、老婆に一朱銀を渡した。

「えっ……」

老婆は驚いた。

一朱は十六分の一両であり、庶民にとっては大金だ。

「その代わり、ちょいと頼みがあってね」

半兵衛は笑い掛けた。

「は、はい。何なりと……」

老婆は、一朱銀を固く握り締めて頷いた。


半次は、呉服屋『角屋』の店内を窺った。

店内では、着物や反物(たんもの)を見る客たちを番頭手代たちが忙(いそが)しく応対していた。

半兵衛と音次郎は、呉服屋『角屋』の戸口から離れた。

半次は見定め、呉服屋『角屋』の戸口から離れた。

「いないんですかい、知らん顔の旦那と音次郎……」

五郎八は眉をひそめた。

「う、うん。店の奥かもな……」

「親分……」

音次郎が囁き、半次と五郎八の背後を通り過ぎた。

音次郎は、茶を淹れた土瓶を持って煙草屋から出て来た。

店の表に置かれた縁台では、半兵衛、半次、五郎八が腰掛け、向かい側の稲荷堂を見ながら話をしていた。

「新しいお茶です」

音次郎は、縁台に置かれたお盆に土瓶を置いた。

「そうですか、あの稲荷堂の祠に五十両ですかい……」

半次は、向かい側にある稲荷堂を眺めた。

「うむ。そして、夜狐の長次郎、今夜の内に取りに来る……」

半兵衛は読んだ。

「で、角屋の旦那の喜左衛門、五十両を稲荷堂に入れるんですか……」

半次は眉をひそめた。

「うん。五十両で押し込まれずに済むのなら安いものだとね」

半兵衛は苦笑した。

「安く済むなら、盗賊の云いなりにもなりますか……」

半次は、腹立たし気に吐き棄てた。

「して、五郎八。夜狐の長次郎の名前に聞き覚えはあるが、詳しくは知らないのだな」

「はい。それにしても、夜狐の野郎。盗人と云うより、騙り紛いの強請屋ですね」

五郎八は眉をひそめた。

「うむ。盗人らしくはないな」

「ええ。夜狐、盗人の風上にも置けねえ野郎です。旦那、あっしも夜狐の長次郎をお縄にするお手伝いをしますぜ」

五郎八は意気込んだ。

「いや。それには及ばない」

半兵衛は断わった。

「そんな、遠慮は御無用ですよ」

五郎八は笑った。

「いや。別に遠慮はしておらぬが……」

「良いじゃありませんか、旦那とあっしの仲なんですから……」

「どんな仲だ……」

「婆さん、俺が店番するぜ」

五郎八は、店番をしている老婆に馴れ馴れしく声を掛け、煙草屋に入って行った。

「旦那……」

半次は苦笑した。

「ま、良いか。餅は餅屋だ。何かの役に立つかもしれぬ」

半兵衛は、己に云い聞かせて笑った。

五郎八は緑色の羽織を脱ぎ、老婆に代わって店番の座に落ち着いていた。

「五郎八の父っつあん、良く似合いますぜ」

音次郎は冷かした。

「音次郎、他人さまを騙す時は、先ずはその気になって自分を騙さなきゃあな」

五郎八は辺りを片付け、掃除を始めた。

半兵衛は苦笑した。

夕暮れ時が訪れた。

半兵衛、半次、音次郎、五郎八は、堀留の稲荷堂を見張った。

仕事を終えた人々が足早に行き交った。

中年の手代が呉服屋『角屋』の横手の板塀の戸口から現れ、浮世小路を堀留の傍の稲荷堂に向かった。

「手代の藤吉だ……」

半兵衛は、半次、音次郎、五郎八に告げた。

手代の藤吉は、五十両の袱紗包みを稲荷堂の中に素早く置いて戸を閉め、手を合わせて足早に戻って行った。

「じゃあ……」

半次は、音次郎を従えて西堀留川に架かっている雲母橋に走った。

半兵衛は、五郎八と煙草屋から稲荷堂を見張った。

呉服屋『角屋』の喜左衛門は、盗賊夜狐の長次郎に脅され、手代の藤吉に命じて五十両を稲荷堂に置かせた。

半兵衛、半次、音次郎、五郎八は、五十両を取りに来る者が現れるのを待った。
時が過ぎた。
夕暮れ時が過ぎ、夜が訪れた。
人通りは途絶え、西堀留川の堀留には小さな波が打ち寄せて音を立てていた。
半兵衛、半次、音次郎、五郎八は見張り続けた。
刻は過ぎ、舟の櫓の軋みが響いた。
「親分……」
音次郎は、西堀留川を来る猪牙舟を示した。
「ああ……」
半次は、猪牙舟を見詰めた。
頰被りをした船頭の漕ぐ猪牙舟は、西堀留川に架かる道浄橋を潜ってきた。
半兵衛は、現れた猪牙舟を見詰めた。
五郎八は喉を鳴らした。
頰被りをした猪牙舟の船頭は、盗賊の夜狐の長次郎なのか……。
半兵衛は見詰めた。

二

猪牙舟は、雲母橋の船着場に船縁を寄せた。

半次と音次郎は、雲母橋の袂から見守った。

半兵衛と五郎八は、煙草屋から見張った。

頬被りをした船頭は、猪牙舟を下りて稲荷堂に走った。

「親分……」

音次郎は緊張した。

「音次郎、猪牙だ……」

半次は囁いた。

「はい……」

半次と音次郎は、雲母橋の船着場に足音を忍ばせて降り、用意してあった猪牙舟に乗り込み、筵を被った。

頬被りをした船頭は、稲荷堂の中を覗いていた。

「旦那……」

五郎八は、緊張に喉を引き攣らせた。

「騒ぐな。慌てるんじゃあない」

半兵衛は、厳しく制した。

「は、はい……」

五郎八は、喉を鳴らして頷いた。

頬被りをした船頭は、稲荷堂から離れて猪牙舟に駆け戻った。そして、猪牙舟の舳先を廻し、西堀留川を戻って行った。

半兵衛と五郎八は、煙草屋から見守った。

「旦那、捕まえなくて良いんですかい……」

五郎八は、煙草屋を出ようとした。

「動くな……」

半兵衛は、厳しく制した。

「旦那……」

五郎八は戸惑った。

「仲間が潜んでいるかもしれぬ。猪牙の行き先を突き止める」

「行き先を突き止めるって、相手は舟ですよ」

五郎八は、道浄橋を潜って西堀留川を南に曲がって行く猪牙舟を見た。

雲母橋の船着場から猪牙舟が離れ、頬被りをした船頭の猪牙舟を追った。

「あっ……」

五郎八は驚いた。

「半次と音次郎だ……」

半兵衛は教えた。

「成る程、抜かりはありませんかい……」

五郎八は感心した。

「まあな……」

半兵衛は苦笑した。

「じゃあ、此処を引き払いますか……」

「五郎八、そうはいかぬようだ」

半兵衛は、浮世小路を示した。

浪人が、浮世小路から足早にやって来た。

「えっ……」

半兵衛と五郎八は、やって来た浪人を見守った。

浪人は、堀留の傍に立ち止まって辺りを窺い、稲荷堂に近付いた。そして、稲荷堂の中を覗いて何かをし、浮世小路に戻り始めた。

「旦那……」

五郎八は困惑した。

「うん。追うよ」

半兵衛は、煙草屋を出て浪人を尾行（つけ）た。

五郎八は、半兵衛に慌てて続いた。


夜の大川（おおかわ）には、船行燈（ふなあんどん）を灯（とも）した船が行き交っていた。

頬被りをした船頭は、猪牙舟を操（あやつ）って西堀留川を出て日本橋川の流れに乗った。そして、三（み）ツ俣（また）に出て大川を遡（さかのぼ）った。

半次と音次郎は、猪牙舟を交替で漕（こ）いで後を追った。

頬被りをした船頭は夜狐の長次郎なのか……。

半次は読んだ。

もし違ったとしても、盗賊の夜狐一味に拘（かか）わりのある者に違いなく、行き先には夜狐の長次郎がいる筈だ。

半次は、頬被りをした船頭の漕ぐ猪牙舟を見詰めた。

頬被りをした船頭の漕ぐ猪牙舟は、両国橋を潜って尚も大川を遡った。

半次と音次郎の乗った猪牙舟は追った。

日本橋の通りに人気はなかった。

浪人は、浮世小路から日本橋の通りに出て神田八ツ小路に向かった。

半兵衛と五郎八は、暗がり伝いに浪人を尾行た。

「旦那、あの浪人が夜狐の長次郎なら、猪牙の船頭は囮で、角屋の五十両は野郎の懐ですかね」

五郎八は囁いた。

「そいつはどうかな……」

「でしたら、猪牙の船頭ですか……」

「そいつもどうかな……」

「夜狐の野郎、手の込んだ面倒な真似をしやがって……」

五郎八は苛立った。

半兵衛は苦笑し、神田八ツ小路に急ぐ浪人を追った。
両国橋を潜り、神田川との合流地を過ぎて公儀米蔵の浅草御蔵……。
頰被りをした船頭は、猪牙舟を浅草御蔵を過ぎた処にある御厩河岸の船着場に寄せた。
「音次郎、御厩河岸だ」
半次は、猪牙舟の舳先で告げた。
「合点です」
音次郎は、猪牙舟の舳先を御厩河岸の船着場に向けた。
猪牙舟を下りた頰被りをした船頭は、御厩河岸から三好町に向かっていた。
音次郎は、猪牙舟を御厩河岸の船着場に着けた。
半次は、猪牙舟の船縁を蹴って船着場に跳び下り、頰被りをした船頭を追った。
音次郎は、猪牙舟を船着場に素早く舫って半次を追った。
頰被りをした船頭は、三好町の外れにある古い飲み屋の暖簾を潜った。

半次は、物陰から見届けた。

「親分……」

音次郎が駆け寄って来た。

「あの飲み屋だ」

「はい……」

音次郎は、喉を鳴らして頷いた。

「よし。入ってみるぜ」

半次は、着物の端折った裾を降ろした。

「邪魔するよ……」

半次と音次郎は、飲み屋に入って素早く店内を見廻した。

隅に座った若い男が注文を終え、手持ち無沙汰な面持ちでいた。

頬被りをした船頭だ……。

半次は見定め、若い男の近くに音次郎と座った。

「いらっしゃいませ……」

厚化粧の大年増の酌婦が、科を作って半次と音次郎を迎えた。

「おう、姐さん、酒を頼むぜ」

半次は注文した。

「はい。只今……」

大年増の酌婦は板場に行った。

半次と音次郎は、船頭を窺った。

「おまちどおさま……」

若い酌婦が、船頭の許に酒と肴を運んだ。

「おう。待ち兼ねた……」

船頭は、若い酌婦の酌で酒を飲んだ。

「ああ、美味い。酒、後二、三本頼むぜ」

船頭は頼んだ。

「あら、今日は羽振りが良いんだねえ」

「ああ、ちょいと割の良い仕事をしてな」

船頭は、楽し気に酒を飲んだ。

「お待たせ……」

厚化粧の大年増の酌婦が、半次と音次郎の許に酒を持って来た。

「おう……」

「さあ、どうぞ……」

大年増の酌婦は、半次と音次郎に科を作って酌をした。

「お前さんも一杯やりな……」

半次は、大年増の酌婦に徳利を向けた。

「あら、嬉しい……」

大年増の酌婦は、嬉し気に酒を飲んだ。

「あの若いの、羽振りが良いんだな」

半次は、船頭を示して酒を飲んだ。

「ああ、徳松かい……」

大年増の酌婦は、船頭を一瞥した。

「徳松……」

「ええ。半端者の船頭でね。いろんな人の使いっ走りをして金を稼いでいるような奴ですよ」

大年増の酌婦は苦笑し、手酌で酒を飲んだ。

徳松は、若い酌婦を相手に賑やかに酒を飲んでいた。

「夜狐の一味じゃあなさそうですね」

音次郎は、微かな落胆を滲ませた。

「ああ……」

半次は、厳しい面持ちで頷いた。

神田八ツ小路を抜け、神田川に架かっている昌平橋を渡り、明神下の通りに出る。

浪人は、明神下の通りを不忍池に向かった。

半兵衛と五郎八は、暗がり伝いに慎重に尾行た。

不忍池は月明かりに輝いていた。

浪人は、不忍池の畔を進んで茅町の寺町に進んだ。

半兵衛と五郎八は尾行た。

浪人は、寺町に進んで古寺の裏手に廻った。

古寺の裏には木戸門があり、裏庭には小さな家作があった。

浪人は、木戸門を潜って裏庭の小さな家作に入った。

半兵衛と五郎八は木戸門に走り、その陰から見届けた。

「野郎の塒（ねぐら）ですかね」

「きっとな……」

半兵衛は、小さな家作を窺った。

小さな家作に明かりが灯（とも）された。

「どうします」

五郎八は、半兵衛の出方を窺った。

「先ずは名前と素性（すじょう）だな」

半兵衛は告げた。

「名前と素性ですか。分かりました、あっしに任せて貰いますぜ」

五郎八は笑った。

「うむ。そいつは良いが、五郎八、相手は浪人と云えども侍だ。危ないと思ったらさっさと逃げるんだよ」

「云われる迄（まで）もなく。逃げるのはお手の物ですぜ」

五郎八は、楽し気に笑った。

「ま、今夜はもう動かないと思うが、油断せずにやるんだな」

半兵衛は苦笑した。

小さな家作に明かりは灯され続けた。


大川の流れは月明かりに煌めいた。

半次と音次郎は、物陰から飲み屋を見張っていた。

「徳松、未だ出て来ませんね……」

音次郎は、微かに苛立った。

「ああ。久し振りに金の心配をしないで酒を飲んでいるんだろう」

半次は苦笑した。

「じゃあ、やっぱり盗賊の一味じゃあないようですね」

「ああ。盗人なら仕事の後、あんな酒の飲み方はしない筈だ」

半次は読んだ。

飲み屋の腰高障子が開いた。

半次と音次郎は、物陰に隠れた。

船頭の徳松が、若い酌婦に見送られて飲み屋から出て来た。

徳松は、若い酌婦の尻を撫で廻し、酔った足取りで大川沿いの道を浅草に進んだ。

「親分……」

「ああ。誰に頼まれて稲荷堂に行ったのか、吐かせてやるぜ」

半次は、徳松を追った。

音次郎は続いた。

徳松は、三好町から黒船町に差し掛かった処で酔いに脚を取られて転び、座り込んだ。

刹那、徳松は背後から手拭で顔を覆われ、首に腕を廻された。

徳松は悪態を吐き、立ち上がろうとした。

「な、何だ。離せ、何をする……」

徳松は、不意に手拭で目隠しをされ、首を絞められて仰天し、激しく踠いた。

「静かにしな。さもなきゃあ絞め殺す」

音次郎は、凄みを効かせて脅し、首に廻した腕を絞めた。

「止めろ、止めてくれ……」

徳松は、跪くのを止めて恐怖に震えた。

「徳松。誰に頼まれて西堀留川の稲荷堂に行ったんだ」

半次は訊いた。

「よ、夜狐……」

「夜狐、夜狐の長次郎か……」

「へい。西堀留川の堀留の傍にある稲荷堂の中を覗いて来れば一両くれると……」

恐怖は、徳松の酔いを吹き飛ばしていた。

「で、云われた通りにしたのか……」

「はい。稲荷堂を覗いただけです」

「で、夜狐は何処にいる」

「知りません」

「徳松、隠すと身の為にならねえぜ」

音次郎は、徳松の首に廻した腕を絞めた。

「本当です。知りません。信じて下さい。あっしは一度逢っただけで、知りません」

徳松は、涙声で訴えた。

「じゃあ、夜狐と何処で逢ったんだ」

半次は尋ねた。

「賭場です」

「何処の……」

「あ、浅草今戸の聖天一家の賭場です」

「今戸の聖天一家の賭場だな」

「はい……」

「で、夜狐、どんな奴だ……」

「侍です。着流しの侍です……」

徳松は、嗄れ声を震わせた。

「着流しの侍……」

半次は眉をひそめた。

月は雲に隠れ、大川の流れの煌めきは消えた。

浮世小路は夜の静寂に沈んでいた。

半兵衛は、西堀留川の堀留の傍にある稲荷堂の中を覗いた。

稲荷堂の中に袱紗包みの五十両はなく、古い千社札(せんじゃふだ)が一枚残されていた。

半兵衛は、古い千社札を手に取った。

千社札には、満月を背にした狐の影絵が描かれていた。

「夜狐の長次郎か……」

半兵衛は苦笑した。

囲炉裏(いろり)の火は燃えた。

「して、船頭の徳松、一両の駄賃で稲荷堂を覗いて来いと、夜狐に頼まれたのか……」

半兵衛は苦笑した。

「はい。で、徳松、浅草今戸の聖天一家の賭場で夜狐に逢ったそうです」

「どんな奴なのだ……」

「そいつが着流しの侍だそうです」

半次は告げた。

「着流しの侍か……」

半兵衛は眉をひそめた。

「はい。で、旦那、あの後は……」

半次は尋ねた。

「うむ。若い浪人が来たよ」

「若い浪人……」

半次は緊張した。

「うむ。若い浪人、稲荷堂を覗いて不忍池の畔の正源寺って古寺の家作に帰ったよ」

「名前は……」

「そいつは今、五郎八が調べているよ」

半兵衛は告げた。

「旦那、親分。じゃあ、その浪人が夜狐の長次郎ですか……」

音次郎は意気込んだ。

「そいつはどうかな……」

「えっ……」

「不忍池の帰りに稲荷堂を覗いてみたら、五十両の金に代わって此の古い千社札があった」

半兵衛は、満月に狐の影絵の描かれた古い千社札を見せた。

「夜狐の千社札ですか……」

半次は、千社札を見詰めた。

「おそらく押し込み先に残す物だろうが、古いのが気になる……」

半兵衛は眉をひそめた。

「古い……」

半次は、戸惑いを浮かべて千社札を手に取って見直した。

「ああ……」

半兵衛は頷いた。

「成る程、仰る通り、古びた千社札ですね」

半次は頷いた。

「うむ。ま、袱紗包みの五十両を奪い、夜狐の千社札を残したのは、若い浪人だろう」

半兵衛は読んだ。

「はい……」

半次と音次郎は頷いた。

「だが、どうにもしっくりしない……」

半兵衛は苦笑した。

「何がです……」

「夜狐の長次郎、何故に押し込まず、手の込んだ真似をして五十両なのだ。どうにも盗人の遣り口とは思えなくてね」

「成る程。じゃあ、夜狐の狙いは、何か他にありますか……」

半次は、半兵衛を見詰めた。

「うむ。おそらく此の一件、呉服屋角屋の喜左衛門に深い拘わりがある筈だ。半次と音次郎は喜左衛門の昔と身辺を洗ってくれ」

「心得ました」

半次と音次郎は頷いた。

「私は喜左衛門に逢ってから、稲荷堂から五十両を取って夜狐の千社札を残した浪人を調べる」

半兵衛は、楽し気な笑みを浮かべた。

満月に狐の影絵の千社札……。

半兵衛は、呉服屋『角屋』喜左衛門を見据えながら千社札を差し出した。

喜左衛門は、千社札を見て微かな動揺を過ぎらせた。

半兵衛は見届けた。

「白縫さま、此は……」

喜左衛門は、微かな動揺から素早く立ち直った。

「どうやら、夜狐の長次郎が押し込み先に残す千社札のようだ」

半兵衛は告げた。

「じゃあ、稲荷堂に入れた五十両は……」

喜左衛門は、半兵衛に探る眼を向けた。

「うむ。まんまと奪われたよ」

半兵衛は苦笑した。

「そうですか……」

喜左衛門は、微かな侮りを過ぎらせた。

「だが、心配は無用だ。盗賊夜狐の長次郎は必ずお縄にする」

半兵衛は、不敵に云い放った。

「えっ……」

「ま、楽しみにしているんだな」

半兵衛は、刀を手にして立ち上がった。

三

呉服屋『角屋』は客で賑わっていた。

板塀の横手の木戸が開き、半兵衛が手代の藤吉に見送られて出て来た。

「ではな……」

半兵衛は、日本橋の通りに向かった。

「御苦労さまにございました」

藤吉は見送り、木戸に入って行った。

半兵衛は、日本橋の通りを神田八ツ小路に向かった。

半次と音次郎は、物陰から半兵衛を見送った。

「じゃあ、音次郎。俺は喜左衛門の昔を知っている者を捜してみる」

半次は告げた。

「はい。喜左衛門はあっしが……」

「うん、頼んだぜ。じゃあな……」

半次は、音次郎を残して駆け去った。

音次郎は、物陰から呉服屋『角屋』を見張った。

日本橋の通りは賑わった。


不忍池には水鳥が遊んでいた。

半兵衛は、不忍池の畔を正源寺に向かった。

正源寺の境内からは、煙が緩やかに立ち昇っていた。

半兵衛は、山門の陰から境内を窺った。

寺男が、枯葉を掃き集めて燃やしていた。

半兵衛は、山門から裏に廻った。

風が吹き抜け、立ち昇る煙は大きく揺れて散った。

半兵衛は、苔生した土塀沿いの路地を進み、正源寺の裏の木戸門の前に出た。

「旦那……」

五郎八が、木戸門の陰から駆け寄って来た。

「やあ。御苦労だね」

半兵衛は労った。

「いいえ。どうって事はありませんぜ」

五郎八は笑った。

「いるのか……」

半兵衛は、木戸門の傍から裏庭にある家作を一瞥した。

「ええ。外に出たのは、井戸で面を洗った時だけです」

「して、分かったのか、名前と素性……」

「名前は青山慎之介、歳は二十五の相州浪人です」

五郎八は報せた。

「青山慎之介、相州浪人か……」

「二年前から此の正源寺の家作で暮らしていましてね。剣術道場の師範代に寺子屋の雇われ師匠、大店の隠居のお供などを生業にしていましてね。近所の寺の寺男やお店の奉公人の評判は良いですよ」

五郎八は笑った。

「そうか。流石は隙間風の五郎八、昨夜の今朝で良く調べたね」

半兵衛は誉めた。

「此奴は畏れ入ります」

五郎八は、嬉しそうに笑った。

「それにしても、評判が良過ぎるな」

半兵衛は眉をひそめた。

「ええ。評判が良過ぎるのは、作り過ぎ、装い過ぎ、遣り過ぎですか……」

「浪人の顔と盗人の顔、どっちが本性なのか……」

半兵衛は苦笑した。

正源寺の木戸門が開いた。

「五郎八……」

半兵衛は、五郎八を物陰に素早く引っ張り込んだ。

木戸門から若い浪人が現れ、苔生した土塀沿いの路地を通りに向かった。

「青山慎之介です」

五郎八は見定めた。

「うん。さあて、何処に行くのか……」

半兵衛は、尾行る事にした。

「旦那、あっしが先に行きます」

「頼む……」

「じゃあ……」

五郎八は、青山慎之介の尾行を開始した。

半兵衛は、巻羽織を脱いで五郎八を追った。


音次郎は、大欠伸(おおあくび)をしながら背伸びをした。

呉服屋『角屋』の横手の木戸が開いた。

音次郎は、慌てて欠伸を噛(か)み殺して木戸を見詰めた。

主の喜左衛門が出て来た。

「やっと、お出ましかな……」

音次郎は、喜左衛門を見詰めた。

喜左衛門は、浮世小路に進んで行った。

「ありがてえ……」

見張りに飽きていた音次郎は、喜び勇んで喜左衛門の尾行を開始した。

不忍池は煌めいた。

青山慎之介は、眩し気に眼を細めて不忍池を眺め、畔を進んだ。

五郎八は尾行た。

そして、半兵衛が続いた。

青山は、不忍池の畔から湯島の切通町に抜けて女坂を上がり、湯島天神の東の鳥居を潜った。

五郎八と半兵衛は追った。


湯島天神の境内は参拝客で賑わっていた。

青山慎之介は、拝殿に手を合わせて境内の隅にある茶店に向かった。

五郎八と半兵衛は続いた。

青山は、茶店の茶汲場にいる老店主に茶を頼んで縁台に腰掛けた。

五郎八は、大胆にも青山の隣に腰掛けて茶を頼んだ。

半兵衛は苦笑し、石燈籠の陰から見守った。

青山は誰かと繋ぎを取るのか……。

半兵衛は、茶店にいる青山に近付く者に気を付けた。だが、茶店に入る客はいるが、青山に近付く者はいなかった。

「お待たせ致しました」

若い茶店女は、青山に茶を運んだ。

「うむ……」

青山は、若い茶店女に笑い掛け、傍に置かれた茶を取った。

「ごゆっくり……」

若い茶店女は、微笑み(ほほえ)を浮かべて小さく頷き、隣の五郎八の傍に茶を置いた。

「お待たせ致しました」

「おう……」

五郎八は茶を手にした。

若い茶店女は、店主のいる茶汲場に戻った。

五郎八は茶を啜った。

青山は、境内を眺めながら茶を飲んでいた。

「結構な日和(ひより)ですね……」

五郎八は茶を啜り、眼を細めて境内を眺めながら青山に話し掛けた。

「うん。良い天気だ」

青山は、気さくに返事をした。

「お参りですか……」

「うん。願い事があってな」

青山は、小さく笑った。

「へえ。此奴(こいつ)は奇遇だ。あっしもですよ」

五郎八は、人懐(ひとなつ)っこく笑った。

「ほう。おぬしもか……」

「はい。倅(せがれ)が住み込み奉公しているお店に盗賊が押し込みましてね」

「盗賊……」

青山は眉をひそめた。

「はい。で、倅が怪我をして早く治るようにと……」

「そいつは気の毒に。ならば願いが叶(かな)い、倅の怪我、早く治ると良いな」

青山は、五郎八に同情した。

「はい。ありがとうございます。で、旦那の願い事ってのは……」

「うむ。いや、先を急ぐのでな。茶代を置いておくぞ」

青山は言葉を濁し、縁台に茶代を置いて立ち上がった。

「ありがとうございました」

若い茶店女は、店先に出て青山を見送った。

「浪人さん、馴染なのかい……」

五郎八は笑い掛けた。

「えっ。ええ、まあ……」

若い茶店女は茶汲場に行った。

五郎八は、笑みを消して参道を見た。

青山が大鳥居に続く参道を行き、半兵衛が尾行て行った。

「茶代、置いておくよ」

五郎八は、若い茶店女に告げて半兵衛を追った。

湯島天神を出た青山慎之介は、門前町に進んだ。

半兵衛は尾行た。

「旦那……」

五郎八が背後に付いた。

「おう。何か分かったか……」

「肝心な事ははぐらかされましたよ。分かったのは、若い茶店女と好い仲かもしれねえって事ぐらいですか……」

五郎八は苦笑した。

「そうか……」

「で、何処に行くんですかね」

五郎八は、先を行く青山を見詰めた。

「さあて、何処かな……」

半兵衛は苦笑した。

浜町堀には荷船が行き交い、船頭の操る棹から散る水飛沫が煌めいていた。

呉服屋『角屋』喜左衛門は、浮世小路から西堀留川沿いの道を東に進み、浜町堀に出た。そして、元浜町に進み、浜町堀に架かっている汐見橋の袂にある商人宿を訪れた。

音次郎は見届けた。

商人宿は『汐見屋』の看板を掲げ、暖簾を川風に揺らしていた。

喜左衛門は、商人宿の汐見屋に何しに来たのか……。

汐見屋はどんな商人宿なのか……。

音次郎は、商人宿『汐見屋』について聞き込む事にした。

青山慎之介は、湯島天神門前町を抜けて中坂を下り、明神下の通りに出た。そして、神田川に架かっている昌平橋に向かった。

半兵衛と五郎八は尾行た。

青山は、昌平橋を渡って神田八ツ小路に出て須田町口に進んだ。

神田須田町口は、神田八ツ小路にある八つの道筋の一つであり、日本橋に続いている。

青山慎之介は、賑わう通りを日本橋に向かった。

半兵衛と五郎八は尾行た。

「青山、まさか、角屋に行くんじゃあ……」

五郎八は眉をひそめた。

「ああ。かもしれないな……」

半兵衛は、賑わう通りを足早に行く青山の後を追った。

青山慎之介は、室町三丁目に進んで呉服屋『角屋』の前に立ち止まった。

「やっぱり角屋でしたね」

五郎八は笑った。

「ああ……」

半兵衛は、呉服屋『角屋』の周りに音次郎を捜した。

音次郎は、喜左衛門を見張っている筈だが、その姿は何処にも見えなかった。

音次郎がいないのは、喜左衛門が出掛けて追ったと云う事だ。

喜左衛門は留守だ……。

半兵衛は読んだ。

「旦那……」

青山を見張っていた五郎八が、半兵衛を呼んだ。

「どうした……」

「あれを……」

五郎八は、呉服屋『角屋』の店先を行く青山を示した。

青山は、客の出入りする呉服屋『角屋』の店内に結び文を素早く投げ込んだ。

「旦那……」

「うん……」

半兵衛と五郎八は見逃さなかった。

青山は、そのまま呉服屋『角屋』の店先を通り過ぎて行った。

「五郎八、追いな」

半兵衛は命じた。

「合点だ」

五郎八は、青山を追った。

半兵衛は見送り、呉服屋『角屋』の土間の隅に落ちていた結び文を素早く拾い、路地に入った。

『次は百両。押し込まれたくなければ、明日の夜、堀留の稲荷堂に入れて置け。夜狐の長次郎……』

半兵衛は、結び文に書かれている文面を読んだ。

結び文は、盗賊夜狐の長次郎からの二度目の脅し状だった。

半兵衛は苦笑し、結び文を結び直して路地を出た。そして、呉服屋『角屋』の店内に放り込んだ。

さあて、喜左衛門はどう出るか……。

半兵衛は、冷ややかな笑みを浮かべた。

浜町堀汐見橋の袂にある商人宿『汐見屋』の暖簾は揺れた。

商人宿『汐見屋』は、亭主の文平が十年前に潰れた旅籠を居抜きで買い、女房のおくめとやってきていた。

泊まり客の殆どは、馴染の行商人が多かった。

音次郎は、近所の者にそれとなく聞き込みを掛けて知った。

呉服屋『角屋』喜左衛門は、商人宿『汐見屋』に何の用があって来たのだ。

呉服屋と商人宿には、取り立てて繋がりがあるとは思えない。

喜左衛門は何しに来たのだ……。

音次郎は、想いを巡らせた。

商人宿『汐見屋』は、泊まり客が行商に出掛けているのか、出入りする者もいなかった。

京橋の呉服屋『京丸屋』は、江戸でも五本の指に入る老舗だ。

半次は、伝手を頼って呉服屋『京丸屋』の隠居の宗兵衛を訪れた。

「手前はお上から十手を預かっている本湊の半次と申す者でして、御隠居にちょいとお伺いしたい事があってお邪魔致しました」

半次は、宗兵衛に挨拶をした。

「岡っ引の本湊の半次親分ですか……」

隠居の宗兵衛は、長い白髪眉の下の眼を半次に向けた。

「はい……」

「で、訊きたい事とは何ですかな……」

「はい。室町の呉服屋角屋を御存知ですか……」

「ああ……」

宗兵衛は、小さな白髪髷で頷いた。

「角屋は旦那の喜左衛門さんが一代で築いたお店だそうですが、どのような商売をしているのでしょうか……」

「うむ。喜左衛門さんは十年程前に主の急死した呉服屋を買い取って大店にした商売上手、中々の遣り手ですよ」

「喜左衛門さん、角屋を買い取る前は何をしていたんですか……」

「さあて、その辺りは良く知りませんな。呉服の行商をしていたとか、売れ残りの品を格安に買い、地方で売り捌いていたとか。噂はいろいろ聞くが……」

宗兵衛は、歯のない口元を綻ばせ、小さな白髪髷を揺らして笑った。

「じゃあ、御隠居さままでも喜左衛門さんの素性は良く分からないのですか……」

半次は眉をひそめた。

「まあ。そんな処かな……」

宗兵衛は苦笑した。

「で、十年程前に現れ、呉服屋の角屋を始めたんですか……」

「うむ……」

宗兵衛は頷いた。

「そうですか……」

呉服屋『角屋』喜左衛門の素性は、老舗呉服屋の『京丸屋』の隠居の宗兵衛でも良く分からないのだ。

「では御隠居さま、喜左衛門さんの素性と昔、知っているかもしれないと云う方、何方(どなた)か御存知ありませんか……」

半次は尋ねた。

呉服屋『角屋』喜左衛門は、元浜町の商人宿『汐見屋』を出て真っ直(まっす)ぐに室町の店に帰って来た。

音次郎は見届けた。

半兵衛が背後に現れた。

「音次郎……」

「旦那……」

「喜左衛門、何処に行って来たんだ」

「浜町堀は元浜町、汐見橋の袂にある商人宿の汐見屋に……」

「商人宿の汐見屋……」

半兵衛は眉をひそめた。

「はい。そこに半刻(一時間)程いて真っ直ぐ帰って来ました」

「そうか……」

「はい。何か……」

音次郎は、戸惑いを浮かべた。

「うん。青山慎之介が又、角屋に結び文を投げ込んだ」

「又ですか……」

音次郎は眉をひそめた。

「ああ。次は百両。明日の夜、稲荷堂に入れろ。さもなければ角屋に押し込む。夜狐の長次郎とな……」

「旦那……」

「おそらく喜左衛門は我々に報せず、自分で何とかしようとする筈だ」

半兵衛は読んだ。

「自分で……」

「うむ。音次郎、喜左衛門から眼を離すな」

半兵衛は、厳しく命じた。

行燈の灯は、半兵衛と半次を照らした。

「次は百両ですか……」

半次は眉をひそめた。

「うむ。夜狐の長次郎、さもなければ押し込むそうだ……」

　半兵衛は苦笑した。

「旦那、此奴は盗賊の押し込みと云うより、喜左衛門に恨みを持つ者の意趣返しですぜ」

　半次は睨んだ。

「うむ。で、喜左衛門の素性と昔、何か分かったのかな……」

「そいつが、老舗呉服屋の旦那や御隠居に訊いて歩いたんですが、十年程前に角屋を始めた商売上手だと云うぐらいで、喜左衛門の昔や素性を知っている者は中々……」

　半次は、苛立たし気に告げた。

「見付からないか……」

「はい。それにしても旦那、浪人の青山慎之介は、どうして盗賊の夜狐の長次郎の名で喜左衛門を脅し、金を奪うんですかね……」

　半次は首を捻った。

「青山慎之介、ひょっとしたら夜狐の長次郎と喜左衛門の両方に恨みがあるのかもな……」

半兵衛は読んだ。

行燈の灯は瞬(またた)いた。

四

半兵衛は、半次と音次郎に呉服屋『角屋』の喜左衛門と西堀留川の堀留傍の稲荷堂を見張らせ、青山慎之介が暮らす不忍池の畔の正源寺に向かった。

正源寺の裏門の傍には五郎八が潜み、家作で暮らす青山慎之介を見張っていた。

五郎八は、やって来た半兵衛を見て物陰から現れた。

「どうだ……」

半兵衛は、裏庭の家作を眺めた。

「昨日、室町から真っ直ぐ帰って来たまま動きませんよ」

五郎八は苦笑した。

「そうか……」

「で、旦那、結び文には何て……」

「うん……」

半兵衛は、結び文に書かれていた事を五郎八に教えた。

「今夜、百両ですかい……」

五郎八は訊き返した。

「ああ……」

「五十両の次は百両。旦那、此奴は嫌がらせですぜ」

五郎八は、薄笑いを浮かべた。

「五郎八もそう思うか……」

半兵衛は笑った。

「ええ……」

五郎八は頷いた。

「五郎八。青山慎之介、昨日から逢った者はいないのだな」

「ええ。あっしが尾行てからは、湯島天神の若い茶店女以外、知り合いに逢っちゃあいない筈です」

五郎八は眉をひそめた。

「そうか……」

「旦那、そいつが何か……」

「うん。盗賊夜狐の長次郎の呉服屋角屋喜左衛門脅し、青山慎之介一人の仕業とは思えなくてね」

「仲間がいますか……」

「ま、仲間と云うか、裏に何かが潜んでいるような気がしてね」

「成る程……」

「よし、五郎八。青山は夜、浮世小路に行くだろう。それ迄、眼を離さずにな」

半兵衛は命じた。

湯島天神の境内には、参拝客が行き交っていた。

半兵衛は、拝殿に手を合わせて境内の隅にある茶店に向かった。

「おいでなさいませ……」

半兵衛は、茶店の老亭主に迎えられて縁台に腰掛け、茶を頼んだ。

老亭主は、返事をして奥の茶汲場に戻った。

半兵衛は、茶店の中を見廻した。

青山慎之介と馴染の若い茶店女はいなかった。

今日は休んでいるのか……。

半兵衛は、微かな戸惑いを覚えた。

「おまちどおさまでした」

老亭主が茶を持って来た。

「うん。亭主、いつもいる娘、今日は休みなのか……」

「えっ。ああ、おゆりちゃんですか……」

「おゆりと云うのか……」

「はい。おゆりちゃん、今日はお父っつあんの命日でしてね。お墓参りですよ」

老亭主は告げた。

「ほう。お父っつあんの墓参りか……」

「ええ。おゆりちゃん、五年前にお父っつあんを亡くし、今は病で寝たきりのおっ母さんを抱えていましてね」

「そりゃあ大変だな……」

半兵衛は、おゆりに同情した。

「ええ。元々、おゆりちゃんの家は相州の織物問屋(おりもの)でしたが、十年前に盗賊に押し込まれましてね」

「盗賊に押し込まれた……」

半兵衛は眉をひそめた。

「ええ。で、身代を根刮ぎ奪われ、お父っつあんは無一文になり、おっ母さんと子供のおゆりちゃんを連れて江戸に出て来たそうですよ。お気の毒に……」

老亭主は、おゆり一家を哀れんだ。

「押し込んだのは、何て盗賊なのだ」

半兵衛は、老亭主を厳しい面持ちで見据えた。

「さあ、そこ迄は……」

老亭主は首を捻った。

「聞いておらぬか……」

「はい……」

老亭主は、十年前におゆりの家に押し込んだ盗賊の名を聞いていなかった。

「そうか。ならば、おゆりの家は何処かな」

半兵衛は尋ねた。

妻恋町のお地蔵長屋……。

半兵衛は、茶店の老亭主に聞いたおゆりと母親の住む長屋に向かった。

お地蔵長屋は妻恋町の外れにあった。

半兵衛は、長屋の名の謂れとなった古い地蔵尊のある木戸を潜った。

お地蔵長屋の井戸端では、赤ん坊を負ぶった若いおかみさんが洗濯に励んでいた。

半兵衛は、おかみさんに近付いた。

「やあ、ちょいと尋ねるが……」

「はい。何でしょうか……」

若いおかみさんは、立ち上がって濡れた手を前掛で拭った。

「此のお地蔵長屋におゆりと申す娘が母親と暮らしている筈なのだが……」

半兵衛は尋ねた。

「ああ。おゆりちゃんの家ならあそこですよ」

若いおかみさんは、連なる家の奥の一軒を示した。

「そうか、手間を取らせたね」

半兵衛は、若いおかみさんに礼を云って奥の家に向かった。

半兵衛は、奥の家の腰高障子を叩いた。

「はい……」

若い女の返事がした。

「私は白縫半兵衛と申す者だが、おゆりはいるかな……」

「は、はい……」

腰高障子が開き、若い茶店女のおゆりが顔を見せた。

「やあ、おゆりだね」

半兵衛は笑い掛けた。

「は、はい……」

おゆりは、巻羽織姿の半兵衛を見て緊張を滲ませた。

家の中には、蒲団に寝ている母親が見えた。

「ちょっと訊きたい事があってね」

「はい。何でしょうか……」

おゆりは、腰高障子を後ろ手に閉めながら半兵衛に探る眼を向けた。

「うん。おゆりの亡くなったお父っつあんは相州で織物問屋を営んでいたそうだね」

「は、はい……」

「で、盗賊の押し込みに遭い、身代を残らず奪われ、おっ母さんとお前さんを連れて江戸に出て来た……」

「はい」

おゆりは頷いた。

「その押し込んだ盗賊、何て名の盗賊かな……」

半兵衛は、おゆりを見据えた。

「夜狐の長次郎って盗賊です」

おゆりは、悔しそうに顔を歪めた。

「やはり、夜狐の長次郎か……」

十年前、織物問屋だったおゆりの家に押し込んだ盗賊は、夜狐の長次郎だったのだ。

「はい。旅の絵師を装って家に泊まり、真夜中に手下を呼び入れて……」

おゆりは告げた。

半兵衛は、夜狐の長次郎の押し込みの手口を知った。

「して、その事、お上に報せたのか……」

「はい、お父っつあんが。ですが、夜狐の長次郎、既に逃げた後で、確かな証拠は何もないと、大して調べてくれませんでした」

おゆりは、悔し気に俯いた。

「そうか……」

「お役人さま……」

「何だい……」

「夜狐の長次郎、どうかしたのですか……」

おゆりは、半兵衛を見詰めた。

「うん。江戸に現れたって噂があってね」

半兵衛は眉をひそめた。

「そうなんですか……」

「うん。それで、夜狐の長次郎を知っている者を捜していてね。どんな人相風体なのかな」

半兵衛は訊いた。

「お役人さま。十年前、私は未だ八歳でして、良く覚えておりません」

おゆりは、硬い面持ちで告げた。

「ならば、おっ母さんに……」

「おっ母さんは長患いで寝込んでいます。私の事以外はもう何も覚えちゃありません」

おゆりは、哀し気に伝えた。

「そうか。そいつは気の毒に……」

「お役人さま、盗賊の夜狐の長次郎を捕まえて下さい。捕まえて獄門にして下さい」

おゆりは、夜狐の長次郎に対する憎しみを露わにした。

「おゆり……」

「そうしてくれなければ、死んだ父も長患いの母も浮かばれません……」

おゆりは、悔し涙を零した。

半兵衛は、盗賊夜狐の長次郎に対する激しい憎しみを知った。

夕陽が西堀留川に映えた。

半次は、堀留の傍の煙草屋に潜んで小さな稲荷堂を見張った。

浮世小路の向こうの日本橋の通りには、帰宅を急ぐ人々が行き交った。

呉服屋『角屋』は、奉公人たちが店仕舞いを始めた。

音次郎は、見張り続けていた。

「どうだ……」

半兵衛が現れた。

「今の処、喜左衛門に動きはありません」

「そうか……」

喜左衛門が動かなくても、奉公人や様々な客は出入りをしている。出入りをする者の中には、呉服反物の行商人もいた。

喜左衛門が誰かと繋ぎを取る手立ては幾らでもあるのだ。

半兵衛は読んだ。


若い町娘は、苔生した土塀沿いの路地をやって来た。

湯島天神境内の茶店の若い女……。

五郎八は見定め、木陰から見守った。

茶店の若い女は、正源寺の裏門から青山慎之介の住む家作に入った。

やはり、青山と茶店の若い女は、只の馴染ではなかった……。

五郎八は見守った。

夕暮れ時になり、家作から青山慎之介と茶店の若い女が出て来て不忍池の畔に向かった。

よし……。

五郎八は、二人を追った。

堀留に月影が映えた。

半兵衛、半次、音次郎は、煙草屋から堀留の向こうの小さな稲荷堂を見張った。

「旦那……」

半次は、呉服屋『角屋』の板塀の木戸から手代の藤吉が現れたのを示した。

藤吉は、浮世小路を堀留の小さな稲荷堂に進んだ。

半兵衛、半次、音次郎は、藤吉を見守った。

藤吉は、小さな稲荷堂の中に袱紗包みを置いて扉を閉め、素早く呉服屋『角屋』に戻って行った。

「百両ですか……」

半次は読んだ。

「きっとね……」

半兵衛は頷いた。

「旦那、親分……」

音次郎は、西堀留川を来る屋根船を示した。

半兵衛と半次は見守った。

屋根船は、道浄橋を潜って雲母橋の船着場に船縁を寄せた。

船頭は、屋根船を舫って浮世小路に小走りに去って行った。

「何処かのお店の旦那でも迎えに来たんですかね」

音次郎は読んだ。

「うん……」

半兵衛は、船着場で揺れる屋根船を眺めた。

青山慎之介と茶店の女は、明神下の通りにある妻恋坂の下で立ち止まった。

五郎八は、素早く暗がりに潜んだ。

「じゃあ、おゆり……」

「慎之介さま、呉々もお気を付けて……」

おゆりは心配した。

「案ずるな、おゆり。願いは必ず叶う」

青山は、おゆりに笑い掛け、明神下の通りを神田川に架かる昌平橋に向かった。

おゆりは、青山が闇に消え去るのを見送り、妻恋坂を上がって行った。

青山は浮世小路の堀留の小さな稲荷堂……。

五郎八は、闇に消えた青山を追った。

日本橋通りを行き交う人は途絶え、左右に連なる店は明かりを消し始めた。

浮世小路から西堀留川界隈には、堀留の岸に当たる波の小さな音だけが響いていた。

半兵衛、半次、音次郎は、煙草屋から堀留にある小さな稲荷堂を見張った。

「旦那、角屋の喜左衛門、百両、黙って持って行かせますかね」

音次郎は眉をひそめた。

「さあて、どうかな……」

半兵衛は笑った。

僅かな刻が過ぎた。

浮世小路に侍の姿が浮かんだ。

「旦那、親分……」

音次郎は、浮世小路を来る侍を示した。

侍は、青山慎之介だった。

「青山慎之介だ……」

半兵衛、半次、音次郎は、緊張を浮かべて見張った。

青山は、堀留で立ち止まって周囲を鋭い眼差しで窺った。

周囲に不審な者は潜んでいない。

青山は、見定めて小さな稲荷堂に向かった。

半兵衛、半次、音次郎は見守った。

青山は、稲荷堂の扉を開け、中から袱紗包みを取り出した。

刹那、雲母橋の船着場に舫われた屋根船の障子が開き、半纏を着た男と浪人たちが現れて青山に駆け寄った。

青山は身構えた。

半纏を着た男と浪人たち五人は、素早く青山を取り囲んだ。

「旦那、親分……」

半兵衛、半次、音次郎の潜む煙草屋に五郎八が駆け込んで来た。

「おう。五郎八……」

半兵衛は迎えた。

「青山慎之介、おゆりって茶店の女と逢ってから来ましたよ」

五郎八は、息を荒く鳴らした。

「そうか……」

半兵衛は、青山慎之介がおゆりの為に動いているのを確信した。


「俺に何か用か……」

青山慎之介は、半纏を着た男と浪人たちに笑い掛けた。

半纏の男と浪人たちは刀や匕首(あいくち)の柄(つか)を握り締めて、青山に迫った。

「夜狐の長次郎の名を騙るのは手前か……」

呉服屋『角屋』喜左衛門が、小柄な中年男を従えて暗がりから現れた。

「角屋喜左衛門、漸く正体を現したか。お前が盗賊夜狐の長次郎なのは分かっている」

青山は、喜左衛門を厳しく見据えた。

「手前。夜狐の名を騙り、使い古しの千社札を残して脅しを掛けて来たのは、俺を引き摺り出す為か……」

喜左衛門は、怒りを滲ませた。

「ああ。呉服屋角屋喜左衛門こと盗賊夜狐の長次郎。今迄に押し込まれて泣きをみた者の恨み、晴らしてくれる」

青山は、不敵に笑った。

「殺せ……」

喜左衛門は、半纏を着た男と浪人たちに暗い声で命じた。

半纏を着た男と浪人たちは、青山に猛然と斬り掛かった。

青山は踏み込み、抜き打ちの一刀を放った。

先頭の浪人が脇腹を斬られて倒れた。

青山は笑った。

喜左衛門、小柄な中年男、浪人、半纏の男たちは怯んだ。

青山は、笑みを浮かべて喜左衛門に迫った。

浪人たちは、慌てて青山に斬り掛かった。

青山は、縦横に刀を閃かせて浪人たちと激しく斬り結んだ。

喜左衛門は、顔を歪めて後退りを始めた。

「よし。半次、音次郎、喜左衛門をお縄にするよ」

半兵衛は、煙草屋から駆け出した。

半次と音次郎は続いた。

「あっしも行くよ」

五郎八は、慌てて追った。

「やあ。喜左衛門……」

半兵衛は、後退りをする喜左衛門に声を掛けた。

「あっ、白縫さま。夜狐の長次郎です。あの浪人が夜狐の長次郎です」

喜左衛門は、嗄れ声を震わせて斬り合う青山を指差した。

「往生際が悪いな、呉服屋角屋喜左衛門こと盗賊夜狐の長次郎……」

半兵衛は笑った。

喜左衛門は、懐の匕首を抜いた。

刹那、半次が喜左衛門に飛び掛かって十手で叩き伏せた。

「野郎、神妙にしやがれ」

音次郎は、倒れた喜左衛門を蹴飛ばし、馬乗りになって捕り縄を打った。

五郎八は、半次と音次郎の容赦のない素早い捕物に怯み、思わず震えた。

残るは一人……。

青山慎之介は、二人の浪人と二人の半纏の男を斬り棄て、鋒から血の滴る刀を手にして残る一人に迫った。

小柄な中年男が青山の背後に忍び寄り、匕首を翳した。

刹那、半兵衛が現れ、小柄な中年男を捕まえ、鋭い投げを打った。

小柄な中年男は、激しく地面に叩き付けられて気を失った。

青山は、残る一人を斬り棄てて半兵衛と対峙した。

「やあ。青山慎之介だね」

半兵衛は笑い掛けた。

「如何にも……」

青山は、探るように半兵衛を見詰めた。

「盗賊の夜狐の長次郎はお縄にした。必ず獄門にするとおゆりに伝えてくれ」

半兵衛は告げた。

「えっ……」

青山は戸惑った。

「世間に潜んだ盗賊夜狐の長次郎を燻り出してくれて礼を云うよ。早く正源寺の家作に帰るんだね」

半兵衛は笑った。

「お役人……」

青山は、半兵衛が何もかも知っているのに気が付いた。

「音次郎、此奴もお縄にしな」

半兵衛は駆け寄った音次郎に、気を失っている小柄な中年男を示した。

「合点です」

音次郎は、小柄な中年男に捕り縄を打った。

「じゃあ……」

半兵衛は、立ち去ろうとした。

「待って下さい」

「何だい……」

半兵衛は立ち止まった。

青山は、袱紗包みの百両を差し出した。

「此は……」

「此が、喜左衛門が盗賊夜狐の長次郎だと云う口止め料。夜狐が墓穴を掘った証(あかし)です」

青山は苦笑した。

「うむ、確かに……」

半兵衛は、笑みを浮かべて受け取った。

「な、何と、呉服屋角屋喜左衛門が盗賊の夜狐の長次郎だっただと……」

大久保忠左衛門は、筋張った細い首を伸ばした。

「はい……」

「そして、己に脅しを掛けて来た偽者(にせもの)を儂(わし)に捜させようとしたのか……」

忠左衛門は、細い首の筋を怒りに引き攣らせた。

「はい。間違いございません」

「おのれ、喜左衛門。いや、夜狐の長次郎……」

忠左衛門は怒りに震えた。

半兵衛は苦笑した。

忠左衛門は、夜狐の長次郎と夜狐一味の小頭(こがしら)である商人宿『汐見屋』主の小柄な中年男千造(せんぞう)を死罪に処した。

半兵衛は、浪人の青山慎之介と茶店女のおゆりの存在を表沙汰にはしなかった。

「良いんですか、旦那……」

五郎八は、戸惑いを浮かべた。

「うむ……」

半兵衛は笑った。

「そうですかねえ……」

五郎八は首を捻った。

「半次、五郎八は不服のようだ。捕り縄を打ちな……」

半兵衛は命じた。

「承知。音次郎、五郎八を押さえろ」

「合点です」

音次郎は、五郎八を素早く押さえた。

「や、止めろ。音次郎、何をしやがる……」

五郎八は踠いた。

「煩せえ。盗賊隙間風の五郎八、神妙にしな」

半次は、五郎八に捕り縄を打とうとした。

「分かった。畏れ入りました。旦那、知らん顔でお願いします。知らん顔の旦那……」

五郎八は、半兵衛に哀願した。

半次と音次郎は苦笑し、五郎八から離れた。

五郎八は、安堵の吐息を洩らした。

「五郎八、世間には私たちが知らん顔をした方が良い事もあるのが分かったかな

「……」

「そりゃあもう、良く分かりました」

五郎八は、己の首を撫でながら頷いた。

半兵衛は苦笑した。

青山慎之介は、剣術道場や寺子屋の師範代、大店の隠居のお供に励んだ。

おゆりは、茶店で働きながら病の母親の介護を続けた。

半兵衛は、二人の幸せを祈った。

第二話　手遅れ

一

小間物屋は若い女の客で賑わっていた。

質素な形の武家の女は、飾られている櫛や笄、簪などを見ていた。そして、鼈甲の櫛を手に取り、素早く胸元に入れた。

下谷広小路は、東叡山寛永寺と不忍池弁財天の参拝客や見物客で賑わっていた。

半兵衛は、半次や音次郎と市中見廻りの道筋通り、湯島天神から下谷広小路に抜けた。

「今日も相変わらずの賑わいですね」

半次は、広小路の雑踏を見廻した。

半兵衛は、広小路を行き交う人々を眺めた。

「お役人さま、お役人さま……」

お店の小僧が血相を変え、半兵衛たちに駆け寄って来た。

「旦那……」

音次郎は、怪訝な眼を向けた。

「さあて、何があったのかな……」

半兵衛は、駆け寄って来る小僧を待った。

「どうした」

音次郎は、小僧に訊いた。

「万引きです。万引き女を捕まえました」

小僧は、息を鳴らしながら告げた。

「旦那……」

「うん。店は何処だ。案内しな」

半兵衛は、小僧に命じた。

「はい。此方です……」

小僧は、半兵衛、半次、音次郎を広小路の傍の上野北大門町の小間物屋『弁天堂』に誘った。

小間物屋『弁天堂』には、様々な紅白粉に化粧水、櫛、簪、笄、元結などが飾られ、多くの女客が品物選びをしていた。

小僧は、半兵衛、半次、音次郎を手代のいる帳場に誘った。

手代は、半兵衛たちを迎えた。

「わざわざ、御足労頂きまして。どうぞ、お上がり下さい」

手代は、半兵衛、半次、音次郎を帳場の奥の商売用の座敷に案内した。

「邪魔をするよ……」

半兵衛は、半次と音次郎を従えて座敷に入った。

「此は此は御造作をお掛け致します。手前は弁天堂の番頭市兵衛にございます」

座敷にいた中年の番頭が名乗った。

「うん。私は北町奉行所の白縫半兵衛。こっちは半次と音次郎だ」

半兵衛は名乗った。

「して、此方が万引きをした者か……」

半兵衛は、座っている二十四、五歳の武家の女を見た。

年齢と質素な形から見て、御家人か浪人の妻女……。

半兵衛は読んだ。

「はい。店でも値の張る鼈甲の櫛を持ち逃げしようとしたので捕まえました」

番頭は、懐紙に載せた鼈甲の櫛を見せた。

「そうか。して、お前さん、番頭の云う通り、此の鼈甲の櫛を万引きしたのかな」

半兵衛は、質素な形の武家の女に尋ねた。

「はい。お代を払わず、持ち逃げしようと致しました」

質素な形の武家の女は、取り乱す様子もなく潔く認めた。

「ほう、そうか。認めるのだね」

「はい……」

半兵衛は、武家の女の潔さに微かな戸惑いを覚えた。

「お前さん、名前は……」

「高岡沙織にございます」

質素な形の武家の女は、落ち着いた声音で告げた。

「高岡沙織か。御主人は……」

「主人は御家人の高岡又四郎にございます」

高岡沙織は、淡々と答えた。

「御家人の高岡又四郎……」

半兵衛は眉をひそめた。

「はい。ですが、高岡は半年前に亡くなっております」

「そうか。して、何故に万引きをしたのかな」

「盗んだ鼈甲の櫛を質入れし、暮らしの掛かりにするつもりでした」

沙織は告げた。

「そうか……」

「はい。小間物屋の弁天堂さんには、御迷惑をお掛け致しまして、申し訳ございませんでした。お許し下さい」

沙織は、番頭に深々と頭を下げて詫びた。

「いえ。まあ、手前共も鼈甲の櫛が無事に戻れば……」

番頭は戸惑った。

「ならば、どうする。鼈甲の櫛が無事に戻り、万引きした者も詫びているが、此のままお上に訴えるか、それとも内済にするか……」

半兵衛は、番頭に提案した。

〝内済〟とは、表沙汰にしないで内々で済ます事である。

「はい。手前共と致しましても大騒ぎにはしたくございませんので、内済に……」

番頭は、内済に同意した。

「そうか。高岡沙織、聞いての通りだ。詫び証文と二度とやらない誓約証文を書いて弁天堂に渡すのだな」

半兵衛は命じた。

寛永寺の鐘が午の刻九つ（正午）を響かせた。

「はい……」

沙織は、微かな安堵を過ぎらせて頷いた。

高岡沙織は、半兵衛に深々と頭を下げて下谷広小路を山下に向かった。

「音次郎、後を尾行てくれ……」

半兵衛は、厳しい面持ちで命じた。

「合点です。じゃあ……」

音次郎は、高岡沙織を追った。

「気になりますか……」

「うん。取り乱す様子もなく、潔く、妙に落ち着き、そして最後の微かな安堵。気になるね……」

半兵衛は苦笑した。

「はい。あっしには、高岡沙織、飢え死にしても他人様の物を盗むような御新造にはとても見えません」

半次は眉をひそめた。

「うむ。だが、高岡沙織が鼈甲の櫛を盗んだのは間違いない……」

「ええ……」

「ならば、必ず何らかの理由がある筈だ」

半兵衛は読んだ。

「理由ですか……」

「うむ……」

半兵衛は頷いた。

その時、女の甲高い悲鳴が響き渡った。

半兵衛と半次は、女の悲鳴が上がった雑踏の向こうを見た。

行き交う人々は驚き、立ち止まって雑踏の向こうの家並みを見ていた。

「旦那……」

「うん……」

半次と半兵衛は、驚いて立ち止まった人々の間を走った。

向かい側の家並みの路地の前には、野次馬が集まっていた。

半次と半兵衛は、野次馬を掻き分けて前に出た。

「どうした……」

半次は怒鳴った。

「奥の、奥の納屋に……」

前掛をした若い女がへたり込み、激しく震える指で路地の奥を指差した。

「半次……」

半兵衛と半次は、路地の奥に進んだ。

路地の奥には納屋があった。

半次と半兵衛は、納屋の中を覗いた。

納屋の中には様々な我楽多や塵が置かれており、派手な半纏を着た男が背中を血に染めて倒れていた。

半兵衛は、男の死体を検めた。

男は、背中を刺されて殺されており、既に冷たく硬直し始めていた。

「心の臓を背中から一突き、四半刻（三十分）位前の事かな……」

半兵衛は、派手な半纏を着た男が殺された手口と死んでからの刻を読んだ。

「四半刻位前、心の臓を背中から一突きですか……」

半次は眉をひそめた。

「うむ。さあて、仏は何処の誰かな……」

「はい……」

半次は、男の懐を検め、金の入った巾着と手拭を取り出した。

「名前や身許の分かる物は持っていませんね」

「そうか……」

半兵衛は頷いた。

「白縫さま、半次の親分……」

老木戸番の善助が路地に入って来た。

「おう。善助の父っつあん……」

半次と半兵衛は、善助を迎えた。

「あっ……」

善助は、殺された男を見て眼を瞠った。

「仏、知っている奴かい……」

「ええ。遊び人の弥吉ですぜ」

半次は尋ねた。

善助は知っていた。

「遊び人の弥吉……」

「はい……」

「どんな奴だ」

半兵衛は訊いた。

「はい。他人の弱味に付け込んで強請集りを働く陸でなしですぜ」

善助は、腹立たし気に吐き棄てた。

「そんな奴なら、恨みの果てですかね……」

半次は、派手な半纏を着て死んでいる遊び人の弥吉を見下ろした。

「そんな処かもしれないが、先ずは弥吉が此処に何しに来たのかだな」

半兵衛は眉をひそめた。


下谷広小路から山下を抜けると入谷に出る。

高岡沙織は、入谷を進んだ。

音次郎は、充分に距離を取って慎重に尾行た。

沙織は、鬼子母神の前を通って木戸の傍に桜の古木がある長屋に入った。

音次郎は木戸に走り、長屋を窺った。

沙織は、長屋の奥の家に入った。

音次郎は見届けた。

長屋に赤ん坊の泣き声が響いた。

よし……。

音次郎は、聞き込みに廻る事にした。

殺された遊び人の弥吉が、路地に出入りしたのを見た者はいないか……。

半兵衛と半次は捜した。

「私、見ました……」

弥吉の死体を見付けた前掛をした若い女は、躊躇いがちに手をあげた。

「おお、お前さん、見たのか……」

前掛をした若い女は、路地の入口にある仏具屋の女中のおまちだった。

「はい。お内儀さんのお使いに行く時、殺された人が路地に入って行くのを見掛けました」

おまちは告げた。

「おまち、そいつは何刻頃だったか、覚えているかな」

「確か見付ける四半刻位前だったかと……」

「で、どうした……」

「私がお使いから戻って来た時、路地からお医者さまの東庵先生が出て行きました」

「医者の東庵……」

半兵衛は眉をひそめた。

「新黒門町に住んでいる町医者の村井東庵先生です」

老木戸番の善助は知っていた。

「その時、東庵の様子は……」

「怖い顔して慌てた様子で黒門町の方に。それで、路地で何かあったのかなと思い、路地に入ってみたんです。そうしたら納屋で……」

おまちは、弥吉の死に顔を思い出したのか恐ろし気に身震いした。

「弥吉が殺されていて、悲鳴を上げたか……」

「はい……」

おまちは頷いた。

「旦那、弥吉が路地に入ったのが四半刻位前なら、入って直ぐに殺された事になりますね」

半次は読んだ。

「うん。死体の冷たさや固まり具合からみれば、そうなるね」

半兵衛は頷いた。

「じゃあ、先ずは町医者の村井東庵の処に行ってみますか……」

半次は告げた。

「うん……」

半兵衛は頷き、老木戸番の善助に弥吉の死体を湯灌場に運ぶように命じ、半次と新黒門町の町医者村井東庵の家に向かった。

高岡沙織は、半年前に入谷の桜木長屋に越して来ており、組紐や飾り結び作りを生業にしていた。

音次郎は、高岡沙織について聞き込みを続けた。

沙織の家には、組紐や飾り結びを注文した呉服屋の手代が偶に訪れるぐらいで、人の出入りは余りなかった。

沙織は、物静かで穏やかな人柄であり、桜木長屋の他の住人たちとも仲良く暮らしていて、悪く云う者はいなかった。

組紐や飾り結び作りで暮らしが立っているのに、どうして鼈甲の櫛を万引きしたのか……。

音次郎は戸惑った。

急に纏まった金が必要になったのか……。

音次郎は首を捻った。


上野新黒門町は弥吉殺しの現場のある北大門町に近く、町医者村井東庵の家は直ぐに分かった。

半兵衛と半次は、裏通りにある町医者村井東庵の家に踏み込んだ。

村井東庵は、慌てて逃げようとした。

半兵衛と半次は、素早く逃げ道を塞いで村井東庵を捕らえた。

「村井東庵、北大門町の路地奥で遊び人の弥吉を殺めたね」

半兵衛は、厳しく見据えた。

「ち、違う。私じゃない。私が行った時には弥吉は既に殺されていたんだ」

東庵は、声を引き攣らせて否定した。

「だったら、どうして逃げようとしたんだ」

半次は、東庵を押さえ付けた。

「そ、それは……」

東庵は口籠もった。

「よし。じゃあ、その辺の事を大番屋でゆっくり聞かせて貰おうか……」

半兵衛は笑い掛けた。


大番屋の詮議場は薄暗く、微かに血の臭いが漂っていた。

町医者村井東庵は、框に腰掛けた半兵衛の前に引き据えられ、微かに震えた。

「さあて、何もかも正直に話すんだぜ」

半次は、東庵の背後に立った。

「は、はい……」

東庵は、声を震わせて頷いた。

「ならば訊くが、村井東庵、あの路地に何しに行ったのだ」

半兵衛は尋ねた。

「それは、弥吉に呼び出されたからです」

東庵は告げた。

「弥吉に呼び出された……」

半兵衛は眉をひそめた。

「はい。午の刻九つにあの路地奥の納屋に来いと……」

「どうして、あの路地奥の納屋なのだ」

「知りません。使いの者が持って来た弥吉の結び文にそう書いてあったのです」

「使いの者が結び文をな……」

半兵衛は苦笑した。

「使いの者ってのは、何処の誰だ」

半次は尋ねた。

「知りません。初めて見る顔です」

「で、お前さんは、午の刻九つにあの路地奥の納屋に行った」

「はい……」

「そうしたら、弥吉が殺されていた」

「はい。それで慌てて逃げました」

東庵は項垂（うなだ）れた。

「そうか。して、弥吉は何の用でお前さんを呼び出したのかな」

「そ、それは、分かりません」

東庵は、言葉を濁（にご）した。

「本当か……」

半兵衛は、東庵を見据えた。

「は、はい。本当です」

東庵は、必死の面持ちで告げた。

「ま、良い。仮牢で少し休むんだな……」

半兵衛は、半次に目配せをした。

「さあ、立ちな……」

半次は、東庵を立たせて仮牢に引き立てた。

「遊び人の弥吉に町医者の村井東庵か。さあて、何が潜んでいるのか……」

半兵衛は苦笑した。

二

囲炉裏（いろり）に掛けた鳥鍋が湯気を吹き上げた。

「さあ、出来た……」

半兵衛は、囲炉裏の火の勢いを落とし、鳥鍋の蓋（ふた）を取った。

湯気が一気に放たれ、美味（うま）そうな香りが一気に漂った。

「美味そうだぞ」

半兵衛と半次は、鳥鍋を食べ始めた。

「どうぞ……」

半次は、半兵衛に徳利を向けた。

「うん……」

半兵衛は、半次の酌を受けた。

「それにしても旦那、殺された遊び人の弥吉と町医者の村井東庵、どんな拘わりなんですかね」

半次は首を捻った。

「ま、あんな路地奥の納屋で落ち合おうって仲だ。陸なもんじゃあるまい」

半兵衛は酒を飲んだ。

「ええ。それで弥吉、どうして東庵を結び文で呼び出したんですかね」

「半次、ひょっとしたらそいつは、弥吉じゃあない誰かが呼び出したのかもしれないな……」

半兵衛は読んだ。

「旦那……」

半次は眉をひそめた。

「半次、弥吉と東庵の拘わりだが、先(ま)ずは遊び人の弥吉がどんな奴で何をしていたのかだ」

「分かりました。明日から調べてみます」

半次は頷いた。

「只今(ただいま)戻りました……」

音次郎が、勝手口から帰って来た。

「おう。御苦労さん……」

半次は迎えた。

「音次郎、鳥鍋が出来ている。さっさと手足を洗って来な」

半兵衛は、音次郎の椀や箸(はし)などを用意しながら告げた。

「鳥鍋。只今、只今……」

音次郎は、張り切って井戸端に手足を洗いに行った。

半兵衛は、苦笑しながら鍋に鶏肉や野菜を足した。

音次郎は、鳥鍋を食べ、最後に飯を入れて搔(か)き込(こ)んだ。

「ああ、美味かった。御馳走様でした」

音次郎は、箸を置いて息をついた。

「腹は一杯になったか……」

半兵衛は苦笑した。

「はい、お蔭さまで。処で旦那、あの後、殺しがあったんですって……」

音次郎は、身を乗り出した。

「音次郎、その前に高岡沙織だ。聞かせて貰おうか……」

「あ、はい。高岡沙織は入谷鬼子母神近くの桜木長屋に一人で住んでいて……」

音次郎は、高岡沙織について分かった事を半兵衛と半次に報せた。

「組紐や飾り結び作りを生業にした物静かで穏やかな人か……」

半兵衛は、微かな笑みを浮かべて頷いた。

「はい。隣近所の人たちの評判も良く、とても万引きをするような人には……」

音次郎は首を捻った。

「思えないか……」

半兵衛は読んだ。

「はい。それで急に金が入り用になったのかと思って、その辺の処を探ってみたのですが、今の処は未だ……」

音次郎は、首を横に振った。

「分からないか……」

「はい」

音次郎は頷いた。

「よし。ならば音次郎、高岡沙織の亭主、御家人の高岡又四郎がどうして死んだのか、ちょいと調べてくれ」

半兵衛は命じた。

「えっ。旦那、殺しの方は……」

音次郎は戸惑った。

「うん。殺しの方は、今の処、私と半次で大丈夫だ……」

半兵衛は笑った。


遊び人の弥吉……。

半次は、下谷広小路、湯島天神、神田明神などの盛り場で、殺された遊び人の弥吉を知っている者を捜した。

遊び人の弥吉を知っている者は、直ぐに見付かった。

遊び人の仙八……。

湯島天神界隈に屯し、弥吉と親しい間柄の遊び人だった。仙八は、弥吉が殺されたのを知っていた。

半次は、仙八を湯島天神境内の茶店の裏に連れ込んだ。

「で、仙八。弥吉は今、何をしていたんだい」

半次は、仙八を見詰めた。

「さあ、あっしは別に何も聞いちゃあいませんぜ」

仙八は、その頰に微かな嘲りを浮かべた。

次の瞬間、半次は仙八の嘲りを浮かべた頰を張り飛ばした。

仙八は、思わず尻餅をついた。

半次は、仙八の胸倉を鷲摑みにして引き摺り上げた。

「嘗めるんじゃあねえ、仙八。手前も叩けば埃の舞う身体だ。強請集りに辻強盗、騙りに人買い。好きな罪を被せてやるぜ」

半次は、仙八を笑顔で脅した。

「そ、そんな……」

仙八は驚き、震えた。

「そいつが嫌なら素直になるんだな」

半次は、仙八に十手を突き付けた。

「親分さん、勘弁して下さい……」

仙八は項垂れた。

「じゃあ、弥吉が何をしていたか、知っているなら教えて貰おうか……」

半次は苦笑した。

「はい。弥吉の野郎、近頃は何処かの町医者と連んで強請集りを働いていたようです」

仙八は告げた。

「町医者と連んで強請集りだと……」

半次は緊張した。

「はい。町医者が金持ちの患者の弱味を握り、仙八の奴が強請を仕掛ける。弱味を握られた患者は金持ちなので、直ぐに金で始末をしようとする。楽な強請だって笑っていました」

「仙八、その町医者ってのは、何処の誰だ」

おそらく町医者は村井東庵……。

半次は、そう読みながら尋ねた。

「さあ。弥吉、町医者の名前迄は話しちゃあくれませんでした」

「本当か……」

「そりゃあもう本当です」

「本当に知らないんだな」

「はい、信用して下さい。親分さん……」

仙八は哀願した。

「じゃあ、仙八。弥吉と町医者はどんな者を強請っていたのだ」

「町医者の患者、大店の若旦那やお内儀なんかを強請っていると……」

「大店の若旦那やお内儀か……」

「はい……」

「仙八、仲間の遊び人に弥吉が強請を掛けた相手を知らないか、訊いてくれ」

「えっ……」

「頼んだぜ」

半次は笑った。

下谷練塀小路には、物売りの声が長閑に響いていた。

音次郎は、組屋敷街に出入りしている商人たちに聞き込みを掛けた。

「半年前迄、組屋敷におられた高岡又四郎さまなら、時々御注文をいただいておりましたが……」

酒屋の手代は知っていた。

「高岡又四郎さま、病で亡くなったと聞いたけど、何か患っていたのかな」

「いえ。急な病だったと聞いていますよ」

「急な病……」

「ええ。出先から帰って来た日の夜、急に具合が悪くなってお亡くなりになったと……」

手代は眉をひそめた。

「出先から帰って来た日の夜……」

「ええ。御新造さまが驚き、直ぐにお医者を呼んだのですが、手遅れだったとか……」

「手遅れ……」

音次郎は眉をひそめた。

「ええ、駆け付けたお医者がひと目見て、手遅れだと云ったそうですよ」

手代は、高岡夫婦に同情した。

「そうか。で、そのお医者、何処の誰かな」

「さあ、そこ迄は……」

手代は、首を横に振った。

「知らないか……」

「ええ。高岡さま、御主人も御新造さまも気さくな良い方でしたのに……」

手代は、高岡夫婦を懐かしんだ。

高岡又四郎が急死した後、家督を継ぐ子のいなかった高岡家は取り潰しになり、後家となった沙織は組屋敷を出た。そして、入谷の桜木長屋に越したのだ。

音次郎は、聞き込みを続けた。

御曲輪内道三堀に風が吹き抜け、堀端に佇んでいる半兵衛の鬢の解れ毛を揺らした。

「おう、半兵衛……」

背後の評定所から望月佐兵衛が出て来た。

半兵衛と望月佐兵衛は、学問所以来の友人だった。

「済まぬな、佐兵衛。仕事中に……」

半兵衛は詫びた。

「なあに、評定するお偉いさんの後ろで筆を走らせるだけの書役の一人。誰がいようがいまいが気に留める者などおらぬ」

望月佐兵衛は苦笑した。

「そうか……」

「して、用とは何だ」

「うん。佐兵衛は下谷練塀小路の組屋敷に住んでいた高岡又四郎と云う小普請組の御家人を知っているか……」

「ああ。同じ練塀小路の組屋敷の住人だ。知っているよ」

「ならば、半年程前に急死したのも知っているな」

「うん。気の毒に、急な病だったそうだ」

「らしいな。して、どのような男なのだ。高岡又四郎とは……」

「挨拶をする程度の仲だから、良くは知らないが、噂では夫婦仲も良く、剣の腕も学問もかなりのものだったそうだ」

「そうか。して、悪い噂は……」

半兵衛は尋ねた。

「悪い噂か……」

佐兵衛は苦笑した。

「うむ、役目でな。何か聞いた覚えはないかな……」

半兵衛は、淋し気な笑みを浮かべた。

「俺の知る限り、悪い噂はない」

佐兵衛は云い切った。

「そうか、悪い噂はないか……」

半兵衛は頷いた。

半次は、殺された遊び人の弥吉が強請を掛けていた相手が誰か、知る者を捜した。そして、地廻りの明神一家を訪れ、顔見知りの地廻りの伊助を呼び出した。

伊助は、遊び人の弥吉を知っていた。

半次は、聞き込みを始めた。

「弥吉が強請っていた相手ですか……」

地廻りの伊助は、戸惑いを浮かべた。

「ああ、何か聞いた事はないか……」

「そう云えば弥吉、役者遊びの挙句、身籠った大店のお嬢さんの父親から金を強請り取ったと笑っていた事がありましたぜ」

伊助は、眉をひそめて半次に告げた。

「伊助、その大店のお嬢さん、何処の誰か分かるかな……」

「さあ、何処の誰か迄は……」

伊助は首を捻った。

「じゃあ、他にはどんな強請があるのかな」

「そうですねえ。女となれば見境なく抱いて、瘡に罹った大店の旦那を強請ったとか……」

伊助は笑った。

〝瘡〟とは、皮膚病の総称だが、この場合は梅毒の事である。

強請は、身籠りや瘡が元になっている。

やはり、強請には医者が拘わっており、弥吉はその報せで動いていたのだ。

医者はおそらく村井東庵……。

半次は睨んだ。

だが、弥吉と村井東庵の間に何らかの揉め事が起きた。そして、東庵は弥吉を路地奥に呼び出して刺し殺した。

半次は読んだ。

「おう。半次……」

半兵衛がやって来た。


神田明神は参拝客で賑わっていた。

半兵衛と半次は、片隅の茶店で茶を啜った。

「病で亡くなった高岡又四郎さんに不審な事はありませんでしたか……」

「うん。高岡又四郎と御新造の沙織、誰に訊いても評判の良い夫婦だったよ」

半兵衛は茶を飲んだ。

「そうですか……」

「して、弥吉が強請を掛けた相手、分かったか……」

「それが、相手は分かりませんが……」

半次は、弥吉が医者絡みの事で強請を掛けていると告げた。

「成る程、役者遊びでの身籠りに、女遊びの末の瘡の病となると、半次の睨み通り、医者が絡んでいるね」

「はい。で、その医者、村井東庵じゃあないですかね……」

半次は読んだ。

「おそらくな。そして、弥吉と村井東庵は何かで揉めたか……」

「はい。で、東庵は弥吉を殺した」

「うむ……」

半兵衛は頷いた。

「こうなりゃあ、東庵を厳しく責めてみますか……」

「そいつも必要だろうが、先ずは東庵が出入りをしていた大店を調べてみるか……」

「それなら、東庵が薬を処方した相手を調べて割り出しますか……」

「よし。上野新黒門町の東庵の家に行って薬の調合や処方を記してある筈の帳簿を調べてみよう」

半兵衛は、半次を伴って上野新黒門町に向かった。

町医者村井東庵の家には、お内儀も実家に戻ってしまい、誰もいなかった。

半兵衛と半次は、東庵の診察室に入って薬の処方をした帳簿を探した。

帳簿は何冊かあり、様々な薬の調合と処方、そして処方先が書き記されていた。

身籠った女への薬と瘡の治療薬……。

半兵衛と半次は、それらしい薬を探したが容易に分からなかった。

「旦那、こりゃあ、あっしには無理ですよ」

半次は困惑した。

「うん。私も無理だな……」

半兵衛は苦笑した。

「どうします」

「うん。半次、此の帳簿を小石川養生所の良哲先生に見て貰うしかあるまい」

良哲先生とは、小石川養生所の本道医で肝煎の小川良哲の事だ。

「成る程。そいつが良さそうですね」

「うむ。急ぐよ……」

半兵衛と半次は、三冊程の分厚い帳簿を風呂敷に包んで小石川の養生所に急いだ。

夕暮れ時が近付いた。

入谷桜木長屋の井戸端では、おかみさんたちが幼い子供を遊ばせながら夕餉の仕度を始めた。

おかみさんたちの端には沙織もおり、控え目に言葉を交わして笑っていた。

沙織は、一日出掛ける事もなく、家で組紐や飾り結び作りに励んでいたようだ。

音次郎は、桜の古木がある木戸から高岡沙織を見張った。

「やあ。お待たせしました」

小石川養生所の本道医で肝煎の小川良哲は、半兵衛と半次が持ち込んだ帳簿を手にして診察室から出て来た。

「いえ。急に面倒を持ち来み、申し訳ない」

半兵衛は詫びた。

「いいえ。どうって事はありませんよ」

良哲は笑った。

「して……」

「はい。身籠った女が飲む薬と瘡の薬を調合、処方した相手、此処に書き出しましたよ」

良哲は、処方した薬と相手の名を書いた紙を差し出した。

紙には、薬と患者の名や店の屋号が書き記されていた。

「合わせて九件ですか……」

半兵衛は、書かれた名と屋号を数えた。

「ええ。で、身籠った子を流す薬を処方して貰ったのは……」

良哲は名を書き出した紙を見ながら、半兵衛と半次に説明し始めた。

半兵衛と半次は、厳しい面持ちで良哲の説明を聞いた。

三

身籠った子を流す薬を処方したのは、三件あった。三件の中で強請られて金を払えそうな者は、上野元黒門町の瀬戸物屋『美濃屋』と三味線堀に屋敷のある大身旗本の生駒家ぐらいだった。そして、瘡の薬を調合して貰ったのは、神田佐久間町の油問屋『近江屋』と神田須田町の唐物屋『南蛮堂』、本郷御弓町に住む旗本の三件だった。

「此の中に村井東庵と弥吉に強請られた者がいるか……」

半兵衛は、冷笑を浮かべた。

「ええ。先ずは瀬戸物屋美濃屋に役者遊びをする娘がいるかどうかですね」

「うむ。そして、強請られた者の中に弥吉を殺した下手人がいるかもしれぬ」

半兵衛は読んだ。

「はい……」

半次は、緊張した面持ちで頷いた。

「只今戻りました」

「おう。御苦労さん……」

音次郎が帰って来た。

半兵衛と半次は迎え、労った。

音次郎は手足を洗って、飯を食べながら高岡沙織の様子を報せた。

「そうか、家から出掛けず、組紐と飾り結び作りに励んでいたか……」

「はい……」

「して、旦那の高岡又四郎が死んだ経緯に妙な事はなかったか……」

「ええ。聞く処によれば、高岡又四郎さま、出先から戻った途端、具合が悪くなり、直ぐに町医者を呼んだのですが……」

「駄目だったのか……」

「はい。町医者は手遅れだと……」

音次郎は告げた。

「手遅れ……」

半兵衛は眉をひそめた。

「はい。駆け付けた町医者が……」

「音次郎、その町医者の名は……」

半兵衛は尋ねた。

「分かりませんが……」

「そうか。ならば音次郎、その町医者の名前、明日にでも突き止めてくれ」

音次郎は戸惑った。

「はい。あの、その町医者が何か……」

「うむ。ひょっとしたら、遊び人の弥吉殺しに拘わりがあるかもしれないと思ってね」

半兵衛は、小さな笑みを浮かべた。

「えっ。そうなんですか……」

音次郎は、飯を食べる箸を止めた。

「うむ……」

半兵衛と半次は、音次郎に弥吉殺しの探索について説明を始めた。

燭台の火は油が切れ掛かったのか、小さな音を鳴らして瞬いた。


上野元黒門町は下谷広小路に続き、多くの人で賑わっていた。

瀬戸物屋『美濃屋』は、料理屋や大店などの馴染客も多くて繁盛していた。

半兵衛と半次は、上野元黒門町の自身番を訪れ、瀬戸物屋『美濃屋』に娘がいるかどうか尋ねた。

瀬戸物屋『美濃屋』には、十八歳になるおみよと云う娘がいた。

半兵衛と半次は、瀬戸物屋『美濃屋』を訪れて旦那の勘三郎に逢った。

「白縫さま、手前共に何か……」

勘三郎は、微かな緊張を過ぎらせた。

「うむ。勘三郎、娘のおみよは達者にしているのかな」

半兵衛は、勘三郎を見据えた。

「は、はい……」

勘三郎は狼狽えた。

「そいつは何よりだ。して、遊び人の弥吉と町医者の村井東庵には、幾ら強請られたのだ」

半兵衛は笑い掛けた。

「し、白縫さま……」

勘三郎は、声を引き攣らせた。

「可愛い娘が役者遊びで身籠り、町医者の村井東庵に相談したのが間違いだったな」

「は、はい……」

勘三郎は、観念したように項垂れた。

「して、東庵と弥吉に幾ら強請り取られたのだ」

「三十両にございます」

「三十両か……」

「はい。娘を甘やかした報いです。白縫さま、どうか、どうか、村井東庵と弥吉をお縄にして、獄門にして下さい。お願いにございます」

勘三郎は、必死の面持ちで半兵衛に頭を下げた。

「安心しろ、勘三郎。遊び人の弥吉は殺され、村井東庵は大番屋の仮牢の中だ」

「えっ……」

勘三郎は、眼を瞠って驚き呆然とした。

その反応に嘘偽りはない……。

半兵衛は見定めた。

「し、白縫さま。本当にございますか……」

勘三郎は、半兵衛に縋る眼を向けた。

「本当だよ……」

半兵衛は笑った。

「良かった。本当に良かった……」

勘三郎は、涙を零して喜んだ。

「旦那……」

半次は、勘三郎が人に頼んで弥吉を殺した疑いを棄てた。

「うむ……」

半兵衛は頷いた。

音次郎は、高岡又四郎と沙織の住んでいた下谷練塀小路の組屋敷を眺めた。

帰宅した高岡又四郎が急病で倒れ、駆け付けた医者がいた。そして、医者は〝手遅れ〟だと云い、又四郎は息を引き取った。

その医者が誰なのか突き止めろ……。

音次郎は、近所の者たちに高岡屋敷に出入りしていた町医者が誰か、聞き込みを掛けた。


半次は、町医者村井東庵を土間の筵に引き据えた。

「やあ。東庵……」

座敷の框に腰掛けた半兵衛は、東庵を見下ろして笑った。

「白縫さま……」

東庵は、怯えた眼で半兵衛を見上げた。

「東庵、お前と遊び人の弥吉が強請を掛けて三十両を脅し取った相手は、元黒門町の瀬戸物屋美濃屋だね」

　半兵衛は笑い掛けた。

「えっ……」

「惚(とぼ)けても無駄だよ……」

「は、はい……」

　東庵は頷き、肩を落とした。

「で、弥吉と強請り取った金の事で揉めて、あの路地奥に呼び出して殺した」

　半兵衛は読んだ。

「違います。私は呼び出されたんです。あの路地奥の納屋に来いと弥吉に結び文で呼ばれたから行ったんです。そうしたら弥吉が……」

　東庵は、声を上擦(うわず)らせて必死に訴えた。

「東庵、そいつが本当だと云う証拠は何もないのだよ」

「はい……」

　東庵は項垂れた。

「東庵、美濃屋の他に強請を掛けたのは、瘡に罹った油問屋の近江屋か唐物屋の南蛮堂か、それとも本郷御弓町の……」

「白縫さま、そこ迄……」

東庵は呆然とした。

「ああ。調べさせて貰ったよ……」

半兵衛は冷笑した。

「唐物屋南蛮堂の隠居喜十です」

東庵は、覚悟を決めた。

「南蛮堂の隠居の喜十……」

「はい。隠居の喜十、年甲斐もなく女にだらしなく、瘡を患った。そいつを世間に知られて笑い者になりたくなければ、三十両だせと……」

「強請ったのか……」

「はい……」

東庵は頷いた。

「して、南蛮堂隠居の喜十は三十両を払ったのか……」

「はい。白縫さま、隠居の喜十、そいつを恨んで誰かを雇い、弥吉を殺させ、私を呼び出したのかもしれません」

東庵は、恐ろしそうに身震いした。

半兵衛は苦笑した。

半兵衛と半次は、神田須田町にある唐物屋『南蛮堂』を訪れた。

「南蛮堂の主、文五郎にございます」

文五郎は、半兵衛と半次を警戒するように見詰めた。

「私は北町奉行所の白縫半兵衛。こっちは本湊の半次だ」

半兵衛は名乗り、半次を引き合わせた。

「はい。して、手前共に何か……」

「うん。隠居の喜十はいるかな」

半兵衛は、文五郎を見据えて尋ねた。

「えっ。隠居の喜十ですか……」

文五郎は、戸惑いを浮かべた。

「うむ……」

半兵衛は頷いた。

「喜十に何か……」

「ちょいと訊きたい事があってね」

「訊きたい事ですか……」

「うむ。文五郎、隠居の喜十、年甲斐もなく女から瘡をうつされ、そいつを世間に知られたくなければ金を出せと、町医者の村井東庵と遊び人の弥吉に強請られたね」

半兵衛は笑い掛けた。

「し、白縫さま……」

文五郎は緊張した。

「で、隠居の喜十は金を払ったが、どうにも腹の虫が治まらず、人を雇って遊び人の弥吉を始末した」

半兵衛は読んだ。

「白縫さま……」

「文五郎、違うかな……」

「白縫さま、畏れながら違います」

文五郎は苦笑した。

「違う……」

半兵衛は眉をひそめた。

「はい。白縫さま、確かに隠居の喜十、怒りが収まらず、村井東庵と遊び人の弥吉に仕返しをしようとしました。ですが、隠居の喜十、その前に亡くなってしまったのです」

文五郎は告げた。

「亡くなった……」

半兵衛は、思わず訊き返した。

「はい……」

文五郎は頷いた。

「旦那……」

半次は驚いた。

「うむ。文五郎、隠居の喜十はいつ亡くなったのだ」

「強請られた二ヶ月後に瘡が酷(ひど)くなって……」

文五郎は、悔しそうに告げた。

「そうだったのか……」

強請られた二ヶ月後に死んだのなら、弥吉殺しは無理だ。

「はい……」

「文五郎、喜十は自分が死んでも、雇った者が弥吉や村井東庵を殺すように手配りをして亡くなったのではないのかな」

半兵衛は訊いた。

「白縫さま、手前の知る限り、それはありません……」

文五郎は、半兵衛を見詰めた。

「そうか……」

文五郎の言葉に嘘偽りはない……。

半兵衛は、文五郎を信用した。

「旦那、瀬戸物屋の美濃屋と唐物屋の南蛮堂、強請られた者たちが殺ったんじゃあないとなると、やっぱり、東庵が仲間割れしての仕業なんですかね……」

半次は眉をひそめた。

「うむ。町医者の村井東庵、もう一度、詮議をするしかあるまい……」

半兵衛は苦笑した。

「はい……」

半次は頷いた。

半兵衛と半次は、大番屋に急いだ。

大番屋には、音次郎が待っていた。

「旦那、親分……」

「おう。どうした……」

半次は戸惑った。

「はい。御家人の高岡又四郎さんに手遅れの診立てをしたのは、上野新黒門町の村井東庵でした」

音次郎は報せた。

「やはり、東庵だったか……」

半兵衛は苦笑した。

「旦那……」

半次は眉をひそめた。

「うん。半次、音次郎、村井東庵を詮議場に引き据えろ」

半兵衛は命じた。

詮議場に灯（とも）された明かりは、小刻みに揺れていた。

土間の筵に引き据えられた町医者村井東庵は、框に腰掛けている半兵衛や背後に立っている半次と音次郎を恐ろし気に窺った。

「さあて、東庵。遊び人の弥吉を殺したのは、お前たちに強請られた瀬戸物屋美濃屋でも唐物屋南蛮堂に頼まれた者でもなかったよ」

半兵衛は報せた。

「えっ。じゃあ……」

「うん。やっぱり、お前しかいない……」

半兵衛は苦笑した。

「そんな、違います。私じゃありません。私は呼び出されて、あの納屋に行っただけです」

東庵は、必死に訴えた。

「東庵、幾ら訴えても、もう手遅れかもしれないな」

半兵衛は、東庵を厳しく見据えた。

「手遅れ……」

東庵は、戸惑いを浮かべた。

「うむ。お前と弥吉に強請られて恨んでいる者の仕業じゃあないなら、もう、強請った金の取り分で仲間割れした挙句の殺しと見定めるしかなくてね」

「そ、そんな……」

東庵は、激しく震えた。

「だから、もう何を云っても手遅れだよ」

半兵衛は、冷たく云い放った。

「旦那……」

東庵は、声に涙を滲ませた。

「それから東庵。お前、下谷練塀小路の組屋敷に住んでいる御家人の高岡又四郎を知っているかな……」

半兵衛は尋ねた。

「練塀小路の御家人高岡又四郎……」

「うん。知っているかな……」

東庵は眉をひそめた。

「いいえ……」

東庵は首を捻った。

「そうか、知らないか……」

「はい。何分にも練塀小路に住む御家人の患者は大勢いますので……」

「夜の急な患者で、お前が往診に行き、手遅れだと診立てた御家人だよ」

「ああ。出先から帰って来て、心の臓の発作で倒れた御家人ですか……」

「覚えているかな……」

「あの時、私は家に来ていた弥吉と酒を飲み、賭場に遊びに行く事になっていたんです。その時、御家人の御新造が往診を頼みに来て練塀小路の組屋敷に行ったのですが、患者は既に息絶え絶えで、私の手に負えず、弥吉も早く賭場に行こうと急かせるので……」

「もう手遅れだと診立てたのか……」

半兵衛は眉をひそめた。

「は、はい……」

東庵は項垂れた。

「東庵、その御家人が高岡又四郎だ……」

「そうでしたか……」

「うむ。して、御家人高岡又四郎がどうなったか知っているか……」

「それは……」

東庵は、言葉を濁した。

「お前の診立て通り、手遅れになって息を引き取ったそうだ」

「それは、お気の毒に……」

東庵は、口を噤んで俯いた。

「患者の病を弱味に強請を働き、面倒になったら手遅れだと診立てる。とても、医者とは思えぬ所業だな」

半兵衛は、東庵を厳しく見据えた。

「も、申し訳ありません……」

東庵は、消え入りそうな声で詫びた。

「詫びる相手は私ではない。半次、音次郎、東庵を仮牢に引き立てろ」

半兵衛は命じた。

「立て……」

半次と音次郎は、腹立たし気に東庵を引き摺り立たせた。

「旦那、弥吉を殺したのは、本当に私ではありません……」

東庵は、半次と音次郎に引き立てられながら涙声で叫んだ。

半兵衛は、引き立てられて行く東庵を冷ややかに見送った。

四

囲炉裏の火は燃え上がった。

半兵衛は、揺れる炎を見詰め、湯飲茶碗の酒を啜った。

遊び人の弥吉殺しは、振り出しに戻った。

「さあて、どうします……」

半次は、半兵衛に一升徳利の酒を酌した。

「そうだねえ。弥吉に強請られて恨んでいた者たちが違うとなれば……」

「東庵と強請った金の分け前を巡っての仲間割れですが……」

半次は、湯飲茶碗の酒を飲み、首を捻った。

「うむ。東庵の様子を見る限り、そうとも思えぬか……」

「はい。医者なら病に見せ掛けるとか、毒を盛るとか、もっと上手(うま)く殺す手立てがありますからねえ」

半次は読んだ。

「うむ……」

半兵衛は頷いた。

「遊び人の弥吉、あっしたちの知らない処で、随分と恨みを買っているんでしょうね」

音次郎は、飯に汁を掛けて掻き込んだ。

「きっとな。それに、村井東庵も好い加減な診立てをして高い薬代を取り、恨まれているさ……」

半次は読んだ。

「じゃあ、高岡さまの御新造さんも恨んでいるんですかね」

音次郎は、汁掛け飯を食べ終えた。

「恨んでいても不思議はないさ……」

半兵衛は頷いた。

「そう云えば旦那、殺された弥吉が見付かったのは、高岡の御新造が上野北大門町の小間物屋から帰った後でしたね」

半次は思い出した。

「うん。おそらく弥吉が殺された時は、小間物屋で鼈甲の櫛を盗み、店の者に見付かった頃かもしれないな……」

半兵衛は読んだ。

「ええ。弥吉が殺され、殺ったのが東庵だとなれば、御新造さん、喜ぶでしょうね」

半次は苦笑した。

「だろうねえ。それにしても高岡沙織、偶々とは云え、良く弥吉の殺された処の近くにいたものだね」

「ええ……」

半次は頷いた。

「御新造さん、弁天堂で万引きをせずに、あの辺りをうろうろしていただけなら、弥吉殺しを疑われたかもしれませんね」

音次郎は笑った。

「万引きをしていて良かったか……」

半兵衛は眉をひそめた。

「ええ……」

音次郎は頷いた。

「何れにしろ弥吉殺し、端からやり直しですか……」

半次は、吐息を洩らした。

「そうだねえ……」

半兵衛は、何か違和感のようなものを感じながら湯飲茶碗の酒を飲んだ。

囲炉裏の火が爆ぜ、火の粉が飛んだ。

半次と音次郎は、遊び人の弥吉を恨んでいた者を捜し続けた。

半兵衛は、入谷鬼子母神傍の桜木長屋に赴いた。

木戸に桜の古木のある桜木長屋は、おかみさんたちの洗濯の時も過ぎて静けさに覆われていた。

半兵衛は、木戸から静かな長屋を眺めた。

おそらく、高岡沙織は組紐や飾り結びを作っている筈だ。

半兵衛は、己の中に湧いた違和感が何か気が付いた。

高岡沙織に万引きは似合わない……。

半兵衛は、湧いた違和感が沙織の万引きだと知った。

何故だ……。

何故、高岡沙織は似合わない万引きなどをしたのだ。

半兵衛は、高岡沙織の胸の内を読もうとした。

奥の家の腰高障子が開いた。

半兵衛は、木戸の傍の桜の古木の陰に隠れた。

高岡沙織が風呂敷包みを抱え、開いた腰高障子から出て来た。

半兵衛は見守った。

高岡沙織は、腰高障子を閉めて木戸から桜木長屋を出た。そして、鬼子母神の方に足早に向かった。

何処に行く……。

半兵衛は尾行た。

高岡沙織は、入谷を出て山下から金龍山浅草寺の境内に続く道を足早に進んだ。

半兵衛は尾行た。

沙織は、浅草寺境内の賑わいを抜けて浅草広小路に向かった。

半兵衛は追った。

浅草広小路は、浅草寺の参拝客や本所に渡る人々が行き交っていた。

高岡沙織は、浅草広小路を横切って東仲町の呉服屋『真砂屋』の暖簾を潜った。

半兵衛は見届け、呉服屋『真砂屋』の店内を窺った。

店内では手代たちが客の相手をしており、沙織は奥の帳場で老番頭に風呂敷包みの中の組紐や飾り結びを見せていた。

出来た組紐や飾り結びを納めに来た……。

半兵衛は見定めた。

四半刻が過ぎた。

沙織は、納めた組紐や飾り結び代を貰い、呉服屋『真砂屋』から出て来た。

入谷の桜木長屋に真っ直ぐ帰るのか……。

半兵衛は見守った。

沙織は、浅草寺の境内に戻らず、浅草広小路の雑踏を西に進んだ。

西には東本願寺があり、新寺町の寺が山門を連ね、東叡山寛永寺脇に続く。

沙織は、東本願寺の前を抜けて新寺町の通りに進んだ。

半兵衛は追った。
沙織は、門前の茶店で香華と線香を買って寺の山門を潜った。
墓参りか……。
半兵衛は尾行た。

寺の裏の墓地には、線香の香りが微かに漂っていた。
沙織は、墓地の隅の墓に香華と線香を供え、手を合わせていた。
急な病で死んだ夫、高岡又四郎の墓か……。
半兵衛は、背後の墓の陰から見守った。
沙織は、墓に微笑みを浮かべて何事かを話し掛けていた。
遊び人の弥吉が殺され、町医者の村井東庵がお縄になった事を報せているのか……。
半兵衛は読んだ。
沙織は、参拝を終えて墓の前から立ち上がり、振り返った。
「やあ……」
半兵衛は笑い掛けた。

「し、白縫さま……」

沙織は、狼狽を過ぎらせた。

「表でちらりとお見掛けしましてね……」

半兵衛は、沙織に近付いた。

「そうでしたか。過日は御造作をお掛け致しました」

沙織は、狼狽を素早く隠し、落ち着いた様子で挨拶をした。

「亡くなった御主人のお墓ですか……」

半兵衛は、線香の紫煙が揺れる墓を示した。

「はい……」

「やっぱりね。処で御新造、病に倒れた御主人を手遅れだと診立てた医者は、町医者の村井東庵ですね」

半兵衛は尋ねた。

「は、はい。左様ですが……」

沙織は、戸惑いを浮かべて頷いた。

「その村井東庵、今、どうしているか知っていますか……」

半兵衛は尋ねた。

「いいえ……」

沙織は、半兵衛を探るように見詰めた。

「大番屋の仮牢にいますよ」

「大番屋の仮牢……」

「ああ。強請を働いた罪でね」

半兵衛は告げた。

「強請を働いた罪……」

沙織は驚き、戸惑った。

「うん。強請を働いた罪だ。違うと思ったのかな……」

半兵衛は、小さな笑みを浮かべた。

「いいえ。そうですか、強請の罪ですか……」

沙織は、慌てて否定し、微かな困惑と落胆を滲ませた。

「うん。強請の共犯の弥吉って遊び人が殺されてね。強請った金の分け方で仲間割れしての東庵の仕業だと思ったのだが、どうも違うようでね」

半兵衛は苦笑した。

「違う……」

沙織は眉をひそめた。

「うむ。医者なら医者らしい手口で殺すだろうと思いましてね」

「医者らしい手口ですか……」

「ええ。病に見せ掛けたり、毒を盛ったり……」

半兵衛は苦笑した。

「でしたら、逆に医者だと気が付かれないように、匕首で刺したんじゃありませんか……」

沙織は微笑んだ。

「そうか。医者と気が付かれないように匕首で弥吉を刺し殺したか……」

半兵衛は、感心したように頷いた。

「ええ。きっと……」

沙織は頷いた。

「町医者の村井東庵、それ程、強かな奴ですか……」

「はい。村井東庵は手前共が貧乏御家人と知り、病に苦しむ高岡を手遅れだと見棄て、遊び人の弥吉と賭場に行った狡猾で冷酷な者なのです」

沙織は、怒りを滲ませた。

「狡猾で冷酷な者か……」

「ええ。私が悪いのです……」

「御新造が……」

半兵衛は戸惑った。

「はい。そんな医者とは知らずに呼んでしまった私が悪いのです。私が高岡を死に追い込んだのです。私が……」

沙織は、高岡の墓を見詰めて涙を零した。

「御新造……」

「白縫さま、高岡を死なせたのは村井東庵と弥吉、それに私なのです……」

沙織は、哀し気に云い残して小走りに墓地から出て行った。

「御新造……」

半兵衛は見送った。

高岡沙織は、遊び人の弥吉が匕首で刺し殺されたのを知っていた。

弥吉が殺されたのを知らなかった筈の沙織が知っていた……。

半兵衛は知った。

線香の紫煙は、微風(そよかぜ)に吹かれて切れ切れに舞い散った。

北町奉行所は忙しい時も過ぎ、昼下がりの静けさを迎えていた。

半兵衛は、北町奉行所に戻った。

半次と音次郎は、表門脇の腰掛で半兵衛が戻るのを待っていた。

半兵衛は、半次と音次郎を伴って一石橋の袂の蕎麦屋に赴いた。

「して、遊び人の弥吉を殺したい程、恨んでいた者は浮かんだかな……」

「そいつが旦那、弥吉を恨んでいた奴、いるにはいるんですが、殺したいと迄、思っている奴となると……」

「浮かばないか……」

半次は、微かな苛立ちを滲ませた。

半兵衛は読んだ。

「はい……」

半次と音次郎は、悔し気な面持ちで頷いた。

「そうか……」

「旦那。ちょいと思い付いたのですが、高岡さまの御新造も弥吉や村井東庵を恨んでいたんでしょうね」

半次は眉をひそめた。

「うむ。恨んでいるだろうね」

半兵衛は頷いた。

「じゃあ、ひょっとしたら弥吉を殺したのは、御新造かも……」

半次は読んだ。

「ですが親分。御新造は弥吉が殺された頃には小間物屋弁天堂で鼈甲の櫛を万引きしたとして……」

音次郎は首を捻った。

「うん。だがな音次郎、弥吉を路地奥に呼び出して刺し殺し、直ぐに近くの小間物屋の弁天堂で万引き騒ぎを起こす。出来ない事じゃあないさ」

「それはそうですが、どうして万引き騒ぎなんか起こすんですか……」

音次郎は尋ねた。

「そいつは音次郎。弥吉が殺された頃、自分が何処で何をしていたか、確かな証にする為だよ」

「じゃあ御新造。最初から見付かるつもりで、鼈甲の櫛を万引きしたんですか……」

「きっとな。誰も人を殺めた直後に万引きをするとは思わないからな」

高岡沙織は、小間物屋『弁天堂』の者や偶々居合わせた半兵衛たちを証人にしたのだ。

「そうか……」

音次郎は、感心したように頷いた。

「如何ですか、旦那……」

半次は、半兵衛を見詰めた。

「う、うん。高岡沙織に逢って来たよ」

半兵衛は告げた。

「旦那……」

半次と音次郎は戸惑った。

「私も高岡沙織が万引きをしたのが、どうにもしっくりこなくてね……」

半兵衛は苦笑した。

「それで……」

「高岡沙織、浅草の呉服屋真砂屋に作った組紐と飾り結びを納め、新寺町の寺の墓地に墓参りに行ったよ」

「旦那の高岡又四郎さんの墓ですか……」

半次は読んだ。

「うむ。そして高岡沙織、村井東庵が強請の罪で大番屋の仮牢に繋がれていると聞き、狼狽えた、狼狽えたよ」

「狼狽えた……」

半次は眉をひそめた。

「沙織は、東庵が弥吉殺しでお縄になっていると思っていたのだ」

「それが違っていて、狼狽えましたか……」

「うむ。で、殺しの手口が医者らしくないと云ったら、医者だと思わせないように匕首で刺し殺したのだとね」

半兵衛は告げた。

「旦那……」

半次は緊張した。

「沙織は、私が云った覚えのない弥吉殺しの手口を知っていたんだよ」

半兵衛は、淋し気な笑みを浮かべた。

「そうでしたか。で、どうします……」

半次は、半兵衛の出方を窺った。

「それなんだがね。先ずは高岡沙織が自分でどう始末をつけるかだ……」

高岡沙織は、半兵衛が自分をどう見ているか気が付いた筈だ。

そして、どうするか……。

出来るものなら自訴(じそ)して貰いたい。

だが、どうするかは沙織自身が決める事だ。

暫(しばら)く見守る……。

「よし。半次、音次郎、高岡沙織に張り付き、動きを見張ってくれ」

半兵衛は決めた。

入谷桜木長屋は静かだった。

半次と音次郎は、木戸の桜の古木の陰から見守った。

「御新造、家にいるんでしょうね」

音次郎は、高岡沙織の家を眺めた。

「きっとな……」

半次は頷いた。

「親分、半兵衛の旦那、御新造をどうするつもりなんですかね」

音次郎は、沙織の家を眺めたまま訊いた。

「さあて……」

「まさか、此のまま知らん顔をするって事はないでしょうね」

音次郎は眉をひそめた。

「知らん顔の半兵衛さんか……」

「はい……」

「今度ばかりは、そうもいかないだろうな」

半次は、高岡沙織の家を見詰めた。

「相手が貧乏人であれば手遅れだと云って診察をせず、患者の病の弱味を握っては強請を働く町医者か……」

吟味方与力の大久保忠左衛門は、細い首の筋を引き攣らせた。

「はい……」

半兵衛は頷いた。

「おのれ、村井東庵……」

忠左衛門は、怒りを露わにした。

「ですが、一緒に強請を働いた遊び人の弥吉を殺してはいないものと思われます」

半兵衛は告げた。

「半兵衛、弥吉なる悪党仲間を殺そうが殺すまいが、恐喝強請は獄門が御定法。たとえ金額が少なく、金を取る取らないに拘わらずにな」

忠左衛門は、細い筋張った首を伸ばして声を震わせた。

「はい。良く分かりました。ならば……」

半兵衛は頷き、忠左衛門に一礼して用部屋を後にした。

桜木長屋の井戸端では、おかみさんたちが夕餉の仕度を始めた。

半次と音次郎は、木戸の桜の古木の陰から見張った。

「どうだ……」

半兵衛がやって来た。

「高岡の御新造、家に入ったままです」

半次は告げた。

「そうか……」

半兵衛は、沙織の家を眼を細めて眺めた。

次の瞬間、沙織の家の腰高障子が開いた。

半兵衛、半次、音次郎は見た。

沙織の家から、沙織が足を縺(もつ)れさせながら現れて倒れた。

「旦那、親分……」

音次郎は驚いた。

半兵衛と半次は、桜の古木の陰から飛び出し、倒れた沙織に駆け寄った。

おかみさんたちは驚き、井戸端に呆然と立ち尽くした。

半次と音次郎は、沙織の家に駆け込んだ。

「御新造……」

半兵衛は、倒れた沙織を抱き起こした。

沙織の口元から血が滴(したた)り落ちた。

「し、白縫さま……」

沙織は、半兵衛に怪訝な眼を向けた。

「うむ、白縫半兵衛だ。どうした……」

「い、以前、村井東庵の置いて行った胃の腑の薬に毒が……」

沙織は、小さな笑みを浮かべて息を苦しく鳴らした。

「毒……」

半兵衛は眉をひそめた。

「だから、だから村井東庵を……」

沙織は、顔を苦しく歪めた。

「安心しろ御新造、村井東庵は獄門だ」

半兵衛は告げた。

「獄門……」

「ああ。間違いない……」

「そうですか……」

沙織は、嬉しげな笑みを浮かべて息絶えた。

「御新造……」

半兵衛は、沙織の死を看取った。

遅かった……。

半兵衛は悔やんだ。

「旦那……」

半次が、沙織の家から出て来て粉薬の入った赤い薬包を見せた。

「毒か……」

「きっと……」

半次は頷いた。

「御新造、村井東庵の置いて行った毒薬だと云い残したよ」

「村井東庵が置いて行った毒……」

半次は眉をひそめた。

「うむ。高岡沙織、自分の命を棄てて村井東庵を死罪に追い込もうとした……」

半兵衛は、沙織の死に顔を見詰めた。

沙織の死に顔は、嬉し気な笑みを浮かべて穏やかで美しかった。

町医者村井東庵は、瀬戸物屋『美濃屋』と唐物屋『南蛮堂』を強請った罪で獄門に処された。そして、遊び人の弥吉は、高岡沙織の恨みを買って刺し殺された。

半兵衛は、沙織が町医者村井東庵を結び文で呼び出し、弥吉殺しの罪を着せようとした事を表沙汰にしなかった。

「私に出来る知らん顔はそのぐらいだよ……」

半兵衛は淋しげに笑った。

第三話　出戻り

一

その夜、聞き込み帰りの音次郎は、日本橋通りの式部小路（しきぶこうじ）に曲がり、小松町（こまつちょう）から楓川（もみじがわ）に向かった。

楓川に架かる新場橋（しんばばし）を渡り、肥後（ひご）国熊本（くまもと）藩江戸下屋敷の脇を抜けて八丁堀（はっちょうぼり）鍛冶町（かじちょう）を進むと地蔵橋（じぞうばし）になり、半兵衛の組屋敷のある北島町（きたじまちょう）になる。

音次郎は、小松町から楓川に架かっている新場橋の袂（たもと）に出た。

町方の男と女が、新場橋の袂から楓川の船着場に降りて行った。

夜更けに何だ……。

音次郎は、新場橋の欄干（らんかん）の傍に走り、楓川の船着場を見下ろした。

「新助（しんすけ）……」

「はい。おくみさま……」

新助と呼ばれた男は女をおくみと呼び、船着場に船縁を寄せている猪牙舟に手を取って乗せた。

「さあ、船頭さん、猪牙を出して下さいな」

おくみの声がした。

「へい……」

船頭は、新助とおくみを乗せた猪牙舟を日本橋川に向かって進めた。

音次郎は、新場橋から去って行く猪牙舟を見送った。

去って行く猪牙舟では、おくみが並んで腰掛けた新助の肩に頭を預けていた。

夜更けに男と女が恋の道行、羨ましいもんだぜ……。

音次郎は苦笑し、八丁堀は北島町の半兵衛の組屋敷に急いだ。


北町奉行所に出仕した白縫半兵衛は、半次と音次郎を表門脇の腰掛に待たせて同心詰所に向かった。そして、詰所の腰高障子を開けようとした。

不意に不吉な予感がし、筋張った細い首を伸ばした大久保忠左衛門の顔を思い出した。

「うっ……」

半兵衛は、思わず眼を瞑った。

「半兵衛……」

思い出した忠左衛門が半兵衛を呼んだ。

「何ですか……」

半兵衛は、吐息を洩らした。

「何だ、その仏頂面は……」

忠左衛門は、筋張った細い首を伸ばした。

「えっ……」

半兵衛は、忠左衛門が隣で細い首の筋を引き攣らせているのに気が付いた。

「此は大久保さま……」

半兵衛は慌てた。

「話がある。儂の用部屋に参れ」

忠左衛門は、半兵衛に云い残して吟味方与力の用部屋に向かって行った。

不吉な予感は当たった……。

半兵衛は、深々と項垂れて忠左衛門に続いた。

「へえ。不吉な予感、当たったんですか……」

音次郎は眼を丸くした。

「うむ。まあな……」

半兵衛は苦笑した。

「それで旦那、大久保さまは何と……」

半次は尋ねた。

「そいつが新右衛門町の茶道具屋香風堂の手代がお嬢さんを勾引して逃げたそうでね。旦那の香悦が手代を捜してお縄にし、お嬢さんを連れ戻してくれないかと、大久保さまに秘かに頼みに来たそうだ」

半兵衛は、吐息混じりに告げた。

「店の手代がお嬢さんを勾引したんですか……」

半次は戸惑った。

「うん……」

「で、無事に帰して欲しければ、金を出せとでも……」

「いや。そいつは未だだそうだ」

「そうですか……」

「旦那、手代がお嬢さんを勾引して店から逃げたのは、いつの事ですか……」

音次郎は訊いた。

「うむ。そいつは一昨日の夜の事だそうだ」

「一昨日の夜ですか……」

音次郎は眉をひそめた。

「うん……」

「お嬢さんと手代の名前と年の頃は……」

半次は尋ねた。

「娘はおくみで二十五歳の出戻り、手代は新助、二十歳だ……」

半兵衛は告げた。

「えっ……」

半次は、戸惑いを浮かべた。

「何だ……」

「勾引されたお嬢さんのおくみは二十五歳の出戻りで、勾引した手代の新助は二十歳ですか……」

半次は、戸惑いを浮かべて首を捻（ひね）った。

「そいつが、どうした……」

「旦那、二十歳の手代が二十五歳の出戻り娘を勾引しますかね」

半次は困惑した。

「そりゃあ、親分。金になりゃあ、二十五歳でも出戻りでも勾引しますよ」

音次郎は小さく笑った。

「そりゃあそうかもしれないが……」

「半次、音次郎の云う通りかもな……」

半兵衛は苦笑した。

「ええ……」

半次は頷いた。

「で、旦那、茶道具屋の二十歳の手代は新助で、二十五の出戻りのお嬢さんはおくみってんですか……」

音次郎は念を押した。

「うむ……」

「で、一昨日の夜ですか……」

音次郎は眉をひそめた。

「うむ。そいつがどうかしたのか……」

半兵衛は、音次郎を見詰めた。

「旦那、親分。一昨日の夜、楓川の新場橋の船着場で町方の男と女が猪牙舟で日本橋川の方に行きましてね。その時、女が男を新助と呼び、男は女をおくみさまと……」

音次郎は、厳しい面持ちで告げた。

「音次郎、そいつは間違いないのか……」

半次は念を押した。

「ええ。それに楓川に架かっている新場橋は、茶道具屋の香風堂がある新右衛門町の傍です」

音次郎は告げた。

「音次郎、その時の男と女の様子はどうだったのだ……」

「そりゃあ仲睦まじく、あっしはてっきり逢引き、道行だと思いましたけど……」

音次郎は苦笑した。

「お嬢さんを逢引きだと騙して連れ出し、無事に帰して欲しければ金を出せって魂胆なのかもな……」

半次は読んだ。

「はい……」

音次郎は、半次の読みに頷いた。

「して、音次郎。その新助とおくみを乗せた猪牙舟は、楓川を日本橋川に向かって行ったのだな」

半兵衛は念を押した。

「はい……」

「よし。半次、音次郎。此の一件、勾引しか道行かは分からぬが、面白そうだ。ちょいと追ってみるか……」

半兵衛は、楽しそうに笑った。

半兵衛は、半次と音次郎に茶道具屋『香風堂』の奉公人に聞き込みを掛けさせ、己は主の香悦に逢う事にした。

日本橋新右衛門町の茶道具屋『香風堂』は、大名旗本家や大店を顧客に抱えて繁盛していた。

半兵衛は、母屋の座敷に通された。

主の香悦と番頭の庄兵衛は、緊張した面持ちで半兵衛に逢った。

「して、香悦。その後、手代の新助から、おくみの身代金を寄越せと云う脅し文は届いたかな……」

半兵衛は尋ねた。

「いいえ。それが未だ何も云って来ないのです」

香悦は、困惑を浮かべた。

「そうか。ならば勾引されたおくみなる娘と勾引した手代の新助、普段、拘わりはあったのか……」

「はい。おくみは普段、お付き女中のおきみに身の廻りの世話をさせ、使いなどの用を手代の新助にさせておりました」

香悦は告げた。

「それなりの拘わりがあったか……」

「はい……」

香悦は頷いた。

「して、勾引された娘のおくみは、どのような娘なのだ」

「は、はい。おくみは手前の一人娘でございまして、二十歳の時に京橋の念珠堂と申す仏具屋さんの若旦那に嫁いだのですが、三年後の一昨年、いろいろあって出戻って参りまして……」

「京橋の念珠堂でいろいろあってか……」

「はい。以来、離れでおきみを相手に暮らす世間知らずでございまして、それを手代の新助が……」

　香悦は、腹立たし気に顔を歪めた。

「そうか。して、手代の新助とはどのような者なのだ」

「は、はい。番頭さん……」

　香悦は、番頭の庄兵衛を促した。

「はい。手代の新助は十四歳の時から小僧として奉公し、二年前に手代になった者でして、真面目な働き者と云う事でお嬢さまの御用を承るように申しつけたのですが……」

　庄兵衛は項垂れた。

「真面目な働き者か……」

「はい。それ故、眼を掛けて来たのに、飼い犬に手を噛まれたと云うか、とんでもない恩知らずにございます」

香悦は、怒りを露わにした。

「して、新助の実家は何処かな」

「浅草橋場町でして、父親は藤吉と申す川魚漁師です」

「橋場町の川魚漁師の藤吉か……」

「はい……」

「そこに人は走らせたのか……」

「はい。店の者を走らせましたが……」

「おくみも新助もいなかったか……」

「はい。そして、父親の藤吉は何も知らないと申したそうです」

「そうか。ならば、新助の遊び仲間と云うか、店の者以外の知り合いは……」

「さあ、その辺りの事は皆目……」

庄兵衛は、首を横に振った。

「分からぬか……」

半兵衛は眉をひそめた。

「はい……」

「ならば、おくみのお付き女中のおきみを呼んで貰おうか……」

「はい。番頭さん……」

「はい。直ぐに呼んで参ります。少々お待ち下さい」

庄兵衛は座を立った。

「うむ……」

半兵衛は、頷いて茶を啜った。


半次と音次郎は、茶道具屋『香風堂』の奉公人に聞き込みを掛けた。

奉公人たちは口を揃えて、手代の新助は真面目な働き者であり、お嬢さまのおくみの用を一生懸命に果たしていたと証言した。

「で、お嬢さまのおくみさんについて、新助は何か云っていなかったかな」

半次と音次郎は尋ねた。

「さあ、此と云っては……」

新助の先輩の手代は、首を捻った。

「何か一つぐらいはあるだろう」

「まあ。それは……」

「此処だけの話だぜ……」

半次は囁いた。

「まあ、おくみさまは大店の一人娘。御本人でも気付かぬうちに我儘で無理な事を仰います。新助もその辺は大変だったと思いますよ」

手代は、新助に同情した。

「じゃあ、お嬢さんに腹を立てて恨んでいたような事もあったのかな……」

半次は眉をひそめた。

「さあ。恨んでいたとは思いませんが、いろいろこき使われて、疲れていたような顔をしていた事はありましたけど、勾引すなんて……」

手代は困惑した。

「考えられないか……」

「はい……」

手代は頷いた。

「そうか……」

半次は、小さな笑みを浮かべた。

おくみ付きの女中のおきみは十八歳であり、怯えた面持ちで現れた。

「やあ、おきみかい……」

半兵衛は笑い掛けた。

「は、はい」

おきみは、怯えた面持ちで頷いた。

「ちょいと訊くが、お嬢さんのおくみは、手代の新助の事をどう思っていたのかな……」

半兵衛は尋ねた。

「さあ、私には良く分かりません……」

おきみは、俯いて言葉を濁した。

「そうか、良く分からないか……」

「はい。申し訳ありません」

おきみは詫びた。

主の香悦と番頭の庄兵衛の前では、云い難い事なのかもしれない。

半兵衛は、おきみの胸の内を読んだ。

それとも口止めをされているのか……。

半兵衛は腹の内で苦笑しながら、おきみに質問をした。だが、お付き女中のおきみは当たり障りのない答えに終始した。

今は此迄だ……。

半兵衛は見定めた。

「いや。手間を取らせたね。退っていいよ」

「はい……」

おきみは、深々と頭を下げた出て行った。

「白縫さま……」

香悦は、半兵衛を窺った。

「うん。じゃあ、新助から脅し文が来たら直ぐに報せてくれ」

半兵衛は、刀を手にして立ち上がった。

「ああ。ちょいと訊きたいのだが、香風堂の馴染の船宿は何処かな……」

半兵衛は笑い掛けた。

楓川の流れは日本橋川と八丁堀を南北に繋ぎ、荷船が行き交っていた。

半兵衛は、半次や音次郎と新場橋の袂で落ち合った。

「やはり、真面目な働き者か……」

半兵衛は、半次と音次郎の聞き込みの結果を聞いた。

「はい。それで、お嬢さまを勾引したなんて、考えられないと……」

半次は報せた。

「そうか。で、音次郎。おくみと新助は、此の新場橋の船着場から猪牙舟に乗ったのだな」

半兵衛は、新場橋の下の船着場を眺めた。

「はい。そして、おくみと新助を乗せた猪牙舟は日本橋川に向かって行きました」

音次郎は告げた。

「日本橋川にな……」

半兵衛は、日本橋川に続く楓川を眺めた。

「その時、新助がおくみを脅したり、無理矢理に猪牙に乗せたりはしちゃあいなかったんだな」

半次は訊いた。

「はい。二人は並んで、おくみは新助に寄り添いもたれ掛かって……」

音次郎は笑った。

「それで逢引き、道行か……」

「ええ。おくみに嫌がる様子はありませんでしたよ」

「音次郎、そいつに間違いないね」

半兵衛は苦笑した。

「そりゃあもう……」

「よし、ならば音次郎。香風堂の馴染の船宿は、海賊橋の袂にある鶴屋だ。その辺からおくみと新助を乗せた猪牙を探すんだ」

半兵衛は命じた。

「合点です。じゃあ……」

音次郎は、楓川沿いの道を海賊橋の方に走り去った。

「さあて、どうします……」

半次は、半兵衛の出方を窺った。

「うん。半次、此のまま香風堂を見張り、新助か使いの者が脅し文を持って来たり、店の者が妙な動きをしないかをな」

「心得ました……」

「私は、おくみが嫁いだ京橋の仏具屋念珠堂に行って来るよ」

半兵衛は笑った。

海賊橋は、日本橋の高札場から続く道と南茅場町や八丁堀の組屋敷街を結んでいた。

音次郎は、海賊橋の袂、本材木町一丁目にある船宿『鶴屋』を訪れた。

「一昨日の夜ですか……」

船宿『鶴屋』の女将は、戸惑いを浮かべた。

「ええ。亥の刻四つ半（午後十一時）頃、茶道具屋の香風堂から新場橋の船着場に猪牙を頼まれなかったですか……」

音次郎は訊いた。

「亥の刻四つ半に香風堂さんから……」

「ええ……」

「ありませんでしたよ。それに、そんな夜更けに猪牙舟を出す船宿はありませんよ」

女将は眉をひそめた。

「じゃあ女将さん、亥の刻四つ半頃に猪牙舟を出してくれるのは……」

音次郎は眉をひそめた。

「舟持ち船頭か、船宿の船頭が勝手にした事でしょうね」

女将は苦笑した。

「そうですか……」

音次郎は頷いた。


海賊橋の船着場には、船宿『鶴屋』の屋根船や猪牙舟が舫われ、船頭たちが淦取りなどの手入れをしていた。

音次郎は、手入れを終えて煙管を燻らしている老船頭に声を掛けた。

「夜中に猪牙を出してくれる船頭か……」

老船頭は、煙管の雁首を船縁で叩いて灰を落とし、煙を吹き出した。

「ええ。此の界隈で、そんな猪牙の船頭はいませんかね……」

音次郎は訊いた。

「此の界隈でなあ」

老船頭は、煙管の雁首に新しい刻み煙草を詰め、煙草盆の火を付けた。

「ええ……」

「そうだねえ。此の界隈だと、親父橋の船着場に猪牙を舫っている舟持ち船頭の万造かな」

老船頭は煙管を燻らせた。

「親父橋の舟持ち船頭の万造さんですか……」

「ああ。此の界隈じゃあ、夜中でも猪牙を出すのは万造ぐらいだろうな」

「そうですか、助かりました……」

音次郎は、老船頭に礼を云って東堀留川に架かっている親父橋に向かった。

二

茶道具屋『香風堂』は、商品が商品だけに落ち着いた雰囲気の店だ。

半次は、甘味処の二階の座敷を借り、窓から斜向かいの茶道具屋『香風堂』を見張った。

茶道具屋『香風堂』は客で賑わう事もなく、茶の宗匠らしき男や僧侶、武士、羽織を着た旦那風の男などが出入りしていた。

今の処、茶道具屋には似合わない人相風体の男が訪れたり、店の周囲に現れたりはしていない。

半次は、甘味処の二階の座敷から見張った。

半兵衛は、京橋の仏具屋『念珠堂』を訪れた。

主の吉右衛門は、訪れた半兵衛を座敷に招き入れた。

半兵衛は、座敷の外にある手入れの行き届いた庭を眺め、出された茶を啜った。

「お待たせ致しました」

主の吉右衛門は、羽織姿の若い男を従えて座敷に入って来た。

「白縫さま、離縁した香風堂のおくみの事だと伺いましたので、倅の仁吉を連れて参りました」

吉右衛門は、羽織姿の倅の仁吉を半兵衛に引き合わせた。

「念珠堂の仁吉にございます」

「そうか、北町奉行所の白縫半兵衛だ」

半兵衛は、仁吉に名乗った。

「して、香風堂のおくみの事とは……」

吉右衛門は、半兵衛に怪訝な眼を向けた。

「うん。おくみを何故、離縁したのか教えて貰いたくてね」

半兵衛は笑い掛けた。

「離縁の理由ですか……」

吉右衛門は眉をひそめた。

「うん。教えて貰おう……」

「は、はい。おくみは何しろ大店のお嬢さまでして、嫁に来て三年、店のお内儀としての務めは皆目出来ず、学ぶ気も窺えず、それで仁吉と相談して……」

仁吉は、父親吉右衛門の言葉に頷いた。

「離縁したか……」

「はい……」

吉右衛門は頷いた。

「白縫さま、おくみは仏具屋念珠堂のお内儀になる気が窺えず、三年過ぎても大店のお嬢さま、お付きの女中や手代を連れて買い物に芝居見物の毎日、手前も我慢出来ずに……」

仁吉は、腹立たし気に顔を歪めた。

「三行半か……」

半兵衛は、仁吉のおくみ離縁の理由が良く分かった。

「はい。それで白縫さま、おくみがどうかしたのですか……」

仁吉は眉をひそめた。

「うむ。此処だけの話だが、実はおくみが店の手代に勾引されたと、香風堂の主の香悦が秘かに届け出てね」

「おくみが勾引された……」

仁吉と吉右衛門は驚いた。

「うむ。どうやら店の手代に夜中に連れ出されたようでね……」

「そんな……」

仁吉は、戸惑いを浮かべた。

「仁吉、何か心当たりがあるのかな」

半兵衛は、仁吉に笑い掛けた。

「白縫さま。実はおくみ、此処にいた時もお付きの手代と……」

「勾引され掛けたのかな」

「いいえ、妙に可愛がって……」

仁吉は、腹立たし気に言葉を濁した。

「そうか……」

半兵衛は、仁吉の濁した言葉に潜むものを読んだ。

「それに白縫さま。おくみには手前に嫁ぐ前から情夫がいたようでして……」

「情夫、どんな男かな……」

「それが、お武家さまだったような……」

仁吉は眉をひそめた。

「そうか……」

何れにしろ、おくみがどんな女か良く分かった……。

半兵衛は苦笑した。

日本橋川に架かっている江戸橋を渡り、西堀留川に架かる荒布橋から照降町を抜けると東堀留川になり、親父橋が架かっている。

音次郎は、親父橋から船着場を見下ろした。

船着場では、舫われた猪牙舟が流れに揺れていた。

音次郎は、親父橋の向かい側にある煙草屋に行き、店番の老婆に舟持ち船頭の万造を知っているか尋ねた。

「ああ、万造かい。万造なら知っているよ」

老婆は、歯の抜けた口で笑った。

「そうか。家は何処かな……」

「此の先に堀端長屋ってのがあってね。船頭の万造はそこに住んでいるよ」

老婆は教えてくれた。

「堀端長屋だね」

音次郎は、老婆に礼を云って堀端長屋に向かおうとした。

「でも、万造ならさっき猪牙で出掛けたよ」

老婆は告げた。

「えっ……」

「堀端長屋に行っても留守だよ」

老婆は笑った。

西日が東堀留川の流れに煌めいた。

夕暮れが近付いた。

茶道具屋『香風堂』では、奉公人たちが店仕舞いの仕度を始めていた。

半兵衛は、物陰から茶道具屋『香風堂』の向かい側を見廻し、甘味処の二階の窓辺にいる半次に気が付いた。

半兵衛は、甘味処に向かった。


「へえ、おくみってのはそんな女なんですか……」

半次は呆れた。

「うん。念珠堂の若旦那の仁吉が離縁するのも無理はないな」

半兵衛は苦笑した。

「ええ。それにしても、おくみが念珠堂で手代を可愛がっていたってのが気になりますね」

半次は眉をひそめた。

「ああ……」

半兵衛は頷いた。

「旦那……」

半次が、窓の外を見ながら半兵衛を呼んだ。

半兵衛は、素早く窓辺に寄って外を見た。

「菅笠を被った野郎です……」

菅笠を被った人足風の男が物陰に潜み、斜向かいの茶道具屋『香風堂』を窺っていた。

そして、菅笠を被った男は、店仕舞いを始めた茶道具屋『香風堂』の手代や下男に近付いた。

「旦那、追います……」

半次は、甘味処の階段を駆け下りた。

半兵衛は、窓から菅笠を被った男を見守った。

菅笠を被った男は、茶道具屋『香風堂』の下男に結び文を渡し、足早に楓川に続く道に向かった。

半兵衛は見届けた。

眼下に半次が現れ、半兵衛を見上げた。

半兵衛は、菅笠を被った男が足早に向かった楓川に続く道を示した。

半次は頷き、楓川に続く道に急いだ。

半兵衛は、甘味処の階段を下りた。

楓川に夕陽が映えた。

半次は、楓川に架かっている新場橋の周囲を見廻した。

菅笠を被った男の姿は、何処にもなかった。

半次は、新場橋の欄干に駆け寄って楓川を見下ろした。

猪牙舟が櫓を軋ませ、楓川を日本橋川に向かっていた。

漕いでいるのは、菅笠を被った男だった。

猪牙か……。

半次は見定め、猪牙舟を追って楓川沿いの道を追った。

半兵衛は、店仕舞い中の茶道具屋『香風堂』に駆け込んだ。

番頭の庄兵衛が、下男から結び文を受け取った処だった。

「あっ、白縫さま……」

「番頭、結び文か……」

「は、はい……」

「見せて貰う」

半兵衛は、庄兵衛から結び文を受け取って解いた。

結び文には、『おくみを無事に帰して欲しければ、明日午(うま)の刻九つ(正午)。日本橋の袂へおきみに百両を持参させろ』と書かれていた。

身代金要求の脅し文だ……。

半兵衛は眉をひそめた。

「うむ。香悦は何処だ……」

「白縫さま……」

半兵衛は、香悦の出方を見ようとした。

猪牙舟は、楓川に架かっている海賊橋を潜って日本橋川に曲がって行った。

此迄(これまで)だ……。

追って来た半次は、乱れた息を鳴らしながら海賊橋の上から見送るしかなかった。

くそっ……。

半次は吐き棄てた。

猪牙舟は、夕暮れの日本橋川に消え去った。

夕暮れ時。

東堀留川に架かる親父橋には、家路を急ぐ人々が行き交った。

音次郎は、親父橋の前の煙草屋の縁台に腰掛け、船着場に戻って来る舟持ち船頭の万造を待っていた。だが、夕暮れ時が過ぎ、夜になっても万造は戻って来なかった。

「戻って来ないね、万造……」

煙草屋の老婆は眉をひそめた。

「うん。婆さん、万造の住んでいる堀端長屋は此の先だったね」

音次郎は、万造の住む堀端長屋に行ってみる事にした。

東堀留川を行き交う船は、船行燈（ふなあんどん）を灯し始めた。

おくみを無事に帰して欲しければ、明日午の刻九つ（正午）、日本橋の袂に女中のおきみに百両を持参させろ……。

半兵衛は、菅笠を被った男が茶道具屋『香風堂』の下男に渡した結び文に書かれていた事を半次と音次郎に報せた。

「で、旦那。香風堂の旦那、女中のおきみに百両を持たせるんですね」

半次は尋ねた。

「うむ……」

半兵衛は頷いた。

「日本橋の袂となると、勾引し犯は舟で来るかもしれませんね」

半次は読んだ。

「うむ、あり得るね……」

「菅笠を被った船頭ですか……」

音次郎は眉をひそめた。

「一昨日の夜、おくみと新助を乗せて行った猪牙の船頭かもしれぬ……」

半兵衛は読んだ。

「その船頭なんですが、おそらく親父橋の舟持ち船頭の万造だと思うんですが、今日の昼、猪牙で出掛けたまま帰って来ないんです」

音次郎は告げた。

「帰って来ないか……」

半兵衛は眉をひそめた。

「はい。明日の朝、一番に住まいの堀端長屋に行ってみますが……」

「頼む。何れにしろ、明日、誰が金を受け取りに日本橋に来るかだ」

「ええ。こっちも舟を用意しておいた方が良いですね」

半次は、厳しい面持ちで告げた。

「うむ……」

半兵衛は頷いた。

翌朝、音次郎は親父橋の堀端長屋に走った。だが、舟持ち船頭の万造は、長屋の自宅に帰っていなかった。

日本橋は賑わった。

南詰にある高札場は、高札を読む人や待ち合わせをする人々で賑わっていた。

日本橋の袂では雲海坊が経を読んで托鉢をし、船着場では繋がれた猪牙舟の傍で勇次が辺りを窺っていた。

二人は岡っ引の柳橋の弥平次の手先であり、雲海坊は托鉢坊主、勇次は船頭を生業にしており、半兵衛が助っ人に頼んだのだ。

浪人を装った半兵衛は塗笠を上げ、高札を見上げたり待ち合わせをしている人に不審な者がいないか見廻した。

茶道具屋『香風堂』から、女中のおきみが緊張した面持ちで現れ、日本橋に向かった。

半次と音次郎が物陰から現れ、おきみの周囲に不審な者がいないか見定めながら続いた。

おきみは、百両の包みを固く抱きしめて日本橋に進んだ。

おきみは、緊張した面持ちで日本橋の南詰にやって来た。

半次と音次郎は、それとなくおきみの周囲を警戒しながら続いて来た。

半兵衛は、おきみを見守った。

おきみは、日本橋の袂で経を読んでいる雲海坊の傍に佇んだ。

雲海坊は、経を読みながら半兵衛を窺った。

半兵衛は、小さく頷いた。

茶道具屋『香風堂』の女中のおきみ……。

雲海坊は見定めた。

半兵衛、半次、音次郎は、日本橋の袂に佇むおきみを見守った。

時が過ぎ、午の刻九つになった。

おきみは、緊張した面持ちで百両を包んだ小さな風呂敷包みを抱え直した。

様々な者がおきみの前を行き交った。

雲海坊は、経を読みながらおきみに近付く者を警戒した。

半兵衛、半次、音次郎は、おきみを見守った。


猪牙舟が船着場に着き、菅笠を被った船頭が下りて階段を駆け上がった。

勾引し犯は猪牙で来るかもしれない……。

勇次は、半兵衛に云われた事を思い出して舫ってあった猪牙舟に乗った。


菅笠を被った船頭は、日本橋の袂にいるおきみを一瞥し、高札場に誰かを捜し始めた。

塗笠を被った着流しの浪人が高札場から離れ、おきみに近付いた。

「渡して貰おう」

塗笠を被った着流しの浪人は、おきみに囁いた。
おきみは驚き、身を固くして小さな風呂敷包みを渡した。
塗笠を被った着流しの浪人は、小さな風呂敷包みを懐に入れて日本橋に急いだ。
百両を受け取った……。
雲海坊、半兵衛、半次、音次郎は見届けた。
半次は眉をひそめた。
「旦那……」
「半次、此処を頼む。音次郎……」
半兵衛は、音次郎を促して塗笠を被った浪人を追った。
雲海坊は、おきみを見守りながら経を読み続けた。
おきみは立ち尽くしていた。
半次は、おきみを見守った。
高札を見ていた菅笠を被った船頭は、何気なくおきみに近寄って手を出した。
おきみが懐から巾着袋を出し、菅笠を被った船頭に素早く渡した。
なんだ……。

雲海坊と半次は戸惑った。

菅笠を被った船頭は、巾着袋を懐に入れながら船着場に駆け下りた。

とにかく菅笠を被った野郎だ……。

半次は追った。

菅笠を被った船頭は、猪牙舟に飛び乗って舳先(へさき)を下流の江戸橋に向けた。そして、流れに乗って日本橋川を下った。

「勇次、追ってくれ……」

半次が階段を駆け下り、勇次の猪牙舟に乗り込んだ。

「合点です」

勇次は、半次を乗せた猪牙舟を操(あやつ)り、菅笠を被った船頭の猪牙舟を追った。

おきみは、疲れた面持ちでしゃがみ込んだ。

「おっ、大丈夫かい……」

雲海坊は、おきみに笑い掛けた。

「あっ。大丈夫です」

おきみは、慌てて立ち上がった。

「いろいろ忙しそうだね」

「は、はい。じゃあ……」

おきみは、雲海坊に会釈をして離れ、日本橋の通りを重い足取りで南に進んだ。

雲海坊は、おきみを尾行始めた。

塗笠を被った着流しの浪人は、日本橋を渡って日本橋の通りを神田八ツ小路に向かった。

半兵衛と音次郎は追った。

勾引されたおくみを無事に助ける為、行き先を突き止める……。

半兵衛と音次郎は、塗笠を被った着流しの浪人を慎重に尾行た。

菅笠を被った船頭は、猪牙舟を漕いで日本橋川を下った。

勇次は、半次を乗せた猪牙舟を巧みに操り、行き交う船の間を縫って尾行た。

菅笠を被った船頭が受け取った巾着袋に百両が入っているのなら、塗笠を被った浪人が受け取った小さな風呂敷包みは何なのだ。

塗笠を被った着流しの浪人は、張り込みを読んでの囮だったのか……。

半次は睨んだ。

菅笠を被った船頭の猪牙舟は、日本橋川を下って東西の堀留川の入口を過ぎて大川に進んだ。

「勾引した女の処に行くんですかね」

勇次は、菅笠を被った船頭の猪牙舟を見据えて櫓を漕いだ。

「そうだと良いんだがな……」

菅笠を被った船頭は、音次郎が追っていた舟持ち船頭の万造かもしれない……。

半次は読んだ。


茶道具屋『香風堂』は、いつも通りの商売をしていた。

女中のおきみは、重い足取りで店の横手の裏木戸に入って行った。

雲海坊は見届けた。

おきみが、おくみの身代金百両を渡したのは、塗笠を被った着流しの浪人なのか、それとも菅笠を被った船頭なのか……。
雲海坊は眉をひそめた。

三

神田川の流れは煌めいた。
塗笠を被った着流しの浪人は、神田八ツ小路を抜けて神田川に架かる昌平橋に進んだ。
半兵衛と音次郎は尾行た。
おくみには嫁入り前からお武家の情夫がいたようだ……。
半兵衛は、おくみの前夫だった仏具屋『念珠堂』仁吉の言葉を思い出した。
塗笠を被った着流しの浪人は、その情夫なのか……。
もし、そうなら……。
半兵衛は追った。
「旦那……」
音次郎が、半兵衛に緊張した声を掛けた。
半兵衛は、先を行く塗笠を被った着流しの浪人を見た。

塗笠を被った着流しの浪人は、昌平橋の袂に立ち止まって振り返っていた。

「私に用か……」

浪人は、目深に被った塗笠越しに半兵衛を見詰めた。

尾行を読んでいた……。

半兵衛は苦笑した。

「おくみは何処にいる……」

半兵衛は訊いた。

「おくみ。さあ、知らぬな……」

浪人は冷笑した。

「ならば、日本橋の袂で受け取った物は何だ」

「此か……」

浪人は、懐から小さな風呂敷包みを出した。

「うむ。それは何だ……」

半兵衛は、浪人を鋭く見据えた。

浪人は、冷笑を浮かべたまま風呂敷包みを解いた。

中から四個の切り餅大の木片が落ちた。

半兵衛は眉をひそめた。

「旦那……」

音次郎は驚いた。

「子供の玩具（おもちゃ）だ……」

浪人は、嘲（あざけ）りを浮かべた。

「ではな……」

浪人は、昌平橋を渡ろうとした。

「待て……」

半兵衛は、浪人を呼び止めた。

浪人は立ち止まり、それとなく身構えた。

「私は北町奉行所同心白縫半兵衛、おぬしの名は……」

「私か、私の名は片倉紳一郎（かたくらしんいちろう）……」

浪人は、薄笑いを浮かべて云い残し、昌平橋を渡って行った。

「片倉紳一郎か……」

半兵衛は眉をひそめた。

「本当の名前かどうか……」

音次郎は、腹立たし気に吐き棄てた。

「音次郎、奴の行き先を見届けろ」

半兵衛は、昌平橋を渡って明神下の通りを行く片倉紳一郎と名乗った浪人を示した。

「合点です……」

音次郎は、喜び勇んで片倉と名乗った浪人を追った。

「危なくなったら直ぐ逃げろ。良いな」

半兵衛は、片倉と名乗った浪人を追って行く音次郎を見送り、地面に転がっている切り餅大の四個の木片を拾い上げた。

途中で掏り替えた様子は窺えない……。

となると、おきみは最初から片倉紳一郎と名乗った浪人に百両の偽物、木片四個を渡した事になる。

何故だ……。

半兵衛は、おきみに問い質す為、茶道具屋『香風堂』に急いで戻る事にした。

大川には様々な船が行き交っていた。

菅笠を被った船頭は、猪牙舟を大川の三ツ俣から遡(さかのぼ)らせて両国橋に進んだ。

勇次の猪牙舟は、半次を乗せて続いた。

菅笠を被った船頭は、両国橋を潜って尚も猪牙舟を進めた。

「何処迄行くんですかね……」

勇次は眉をひそめた。

「うん……」

半次は、塗笠を被った船頭の猪牙舟を見据えて頷いた。

菅笠を被った船頭の漕ぐ猪牙舟は、神田川や新堀川(しんぼりがわ)との合流処から浅草御蔵の傍を進み、御厩河岸の船着場に入った。

「どうやら、御厩河岸だ……」

半次は告げた。

「ええ……」

勇次は、半次を乗せた猪牙舟の船足を速めた。

菅笠を被った船頭は、猪牙舟の船縁を御厩河岸の船着場に寄せた。そして、猪牙舟を舫って大川沿いの道を三好町に向かった。

勇次の漕ぐ猪牙舟が船着場に着き、半次が跳び下りて菅笠を被った船頭を追った。

菅笠を被った船頭は、大川沿いの道に並ぶ板塀に囲まれた家に入った。

追って来た半次は、どうにか見届けて安堵(あんど)の吐息を洩らした。

「半次の親分……」

勇次が追って来た。

「あの板塀の家に入ったぜ」

半次は、菅笠を被った船頭が入っていった板塀に囲まれた家を示した。

「どんな家かちょいと聞き込んで来ます……」

勇次は告げた。

「うん。そうしてくれ」

半次は頷いた。

「じゃあ……」

勇次は駆け去った。

半次は、板塀に囲まれた家の見張りを開始した。

板塀に囲まれた家は、出入りする者もなく静けさに覆われていた。

菅笠を被った船頭がおきみから受け取った巾着袋に百両が入っていたのなら、塗笠を被った着流しの浪人が受け取った物は何なのか……。

半次は、戸惑いを覚えた。

囮……。

半次は読んだ。

塗笠を被った着流しの浪人は、見張っている者を誘き出す囮だったのだ。

半兵衛の旦那は気が付いているのか……。

半次は、思いを巡らせた。

「半次の親分……」

勇次が戻って来た。

「おう。何か分かったか……」

「三好町の木戸番に聞いたのですが、此の家に住んでいるのは、若い浪人だそうですぜ」

「若い浪人、名前は……」

半次は眉をひそめた。

「それが、門倉とか片倉とか、はっきりしません」

「そうか……」

「ええ。此の家は元々、浅草の呉服屋の御隠居が妾を囲っていた家だそうですが、御隠居が亡くなって妾の物になり、若い浪人を引っ張り込んで、その妾が流行り病で死んだ後も若い浪人が住み続けているそうですぜ」

勇次は告げた。

「そうか。若い浪人か……」

「はい……」

勇次は頷いた。

「よし、勇次。此の事を半兵衛の旦那に報せてくれ」

半次は命じた。

神田明神門前町の盛り場に連なる飲み屋は、漸く眼を覚まして夜の商売に向けての仕度を始めていた。

片倉紳一郎と名乗った浪人は、飲み屋の連なりの端にある開店前の飲み屋に入った。

音次郎は、物陰に潜んで開店前の飲み屋を窺った。

開店前の飲み屋では、大年増(おおどしま)の女将が掃除の手を止め、片倉紳一郎と名乗った浪人と言葉を交わしていた。

音次郎は見守った。

片倉紳一郎と名乗った浪人は、ちらりと外を一瞥して飲み屋の奥に入って行った。

大年増の女将は、再び店内の掃除を始めた。

片倉紳一郎と名乗った浪人は、これからどうするのか……。

音次郎は見張る事にした。


茶道具屋『香風堂』は、番頭の庄兵衛たちが訪れた客の相手をしていた。

半兵衛は、足早にやって来た。

日本橋の袂におきみ、雲海坊、半次の姿はなく、船着場には勇次の姿も猪牙舟もなかった。

半兵衛は、見届けて茶道具屋『香風堂』にやって来たのだ。

「半兵衛の旦那……」

雲海坊が横手の角に現れた。

「おお……」

半兵衛は、雲海坊に近寄った。

「浪人は……」

「うん。私たちを誘き出す囮だったよ」

半兵衛は苦笑した。

「やっぱり。旦那たちが浪人を追って行った後、菅笠を被った船頭が現れましてね。おきみから巾着を貰って猪牙で……」

雲海坊は告げた。

「菅笠を被った船頭か……」

「ええ。で、半次の親分が勇次の猪牙で追いましたよ」

「そうか。して、おきみは……」

「香風堂に戻っています」

雲海坊は、茶道具屋『香風堂』を眺めた。

「よし……」

半兵衛は頷いた。

楓川の流れは緩やかだった。

半兵衛は、女中のおきみを楓川に架かっている新場橋の袂に伴った。

雲海坊が続き、見守った。

女中のおきみは、怯えた眼差しで楓川の流れを見詰めた。

「さあて、おきみ。日本橋の袂で浪人に渡した風呂敷包みは偽物で、その後に現れた菅笠を被った男に渡した巾着袋に百両が入っていたんだね」

半兵衛は、静かに訊いた。

「はい……」

おきみは頷いた。

「そいつは、誰かに云われての事だね」

「はい……」

「誰だい……」

「手代の新助さんです……」

「手代の新助……」

半兵衛は眉をひそめた。

「はい。昨日の夕方、行商の野菜売りのおじさんが、私宛の結び文を届けてくれたんです」

「おきみ宛の結び文……」

「はい。それが新助さんからの結び文で、浪人に切り餅四つの偽物を渡し、菅笠を被った人に百両入った巾着袋を渡してくれと……」

おきみは、折皺の付いた新助からの結び文を差し出した。

半兵衛は受け取り、結び文を一読して雲海坊に渡した。

結び文には、おきみの云った他に、役人に報せればおくみの命はないと書かれていた。

「行商の野菜売り、金で頼まれましたか……」

雲海坊は読んだ。

「うむ。それでおきみ、此の結び文に書かれた通りにしたのだな」

「そうしなければ、おくみさまの命が……」

おきみは、不安に涙声を震わせた。

「で、おきみちゃん。日本橋に現れた浪人と菅笠の男に見覚えはなかったかな」

雲海坊は尋ねた。

「あ、ありません……」

おきみは、首を横に振った。

「そうか……」

雲海坊は頷いた。

「雲海坊……」

半兵衛は、楓川を来る猪牙舟を示した。

「ああ、勇次です」

雲海坊は、やって来る猪牙舟の船頭が誰か見定めた。

やって来る猪牙舟の船頭は勇次だった。

「半次の親分からの繫(つな)ぎですぜ」

雲海坊は読んだ。

「うむ……」

半兵衛は頷いた。

大川の流れに夕陽が映えた。

半兵衛は、おきみと茶道具屋『香風堂』の見張りを雲海坊に頼み、勇次の猪牙舟で半次の許にやって来た。

「あの家です……」

半次は、板塀に囲まれた家を示した。

「して、おきみから巾着袋を受け取った菅笠の船頭は入ったままなのか……」

半兵衛は尋ねた。

「はい……」

半次は頷いた。

「それで、あの家には門倉とか片倉とか云う名の浪人が住んでいるのだな」

半兵衛は訊いた。

「その筈ですが、出入りもないし、顔も見せません」

半次は報せた。

「そうか。半次、日本橋に現れた浪人、私に片倉紳一郎と名乗ったよ」

「片倉紳一郎……」

半次は眉をひそめた。

「うん。本当の名前かどうかは分からないがね……」

半兵衛は苦笑した。

「門倉か片倉。ひょっとしたら片倉紳一郎かもしれませんね」

半次は読んだ。

「半兵衛の旦那、半次の親分……」

勇次が呼び、板塀に囲まれた家を示した。

板塀の木戸門が開き、菅笠を被った船頭が丸めた蒲団を担いで現れた。

半兵衛、半次、勇次は見守った。

菅笠を被った船頭は、丸めた蒲団を担いで御厩河岸の船着場に向かった。

「蒲団にしては、何だか重そうですね」

勇次は眉をひそめた。

「よし、半次。引き続き、あの家を見張っていてくれ。私は勇次と船頭を追ってみる」

「承知……」

半次は頷いた。

「じゃあ勇次……」

「はい……」

半兵衛は勇次を促し、御厩河岸の船着場に急いだ。

菅笠を被った船頭は、猪牙舟に丸めた蒲団を乗せて船着場から離れ、吾妻橋に向かった。

半兵衛は、勇次の猪牙舟に乗った。

勇次は、手早く舫い綱を解き、菅笠を被った船頭の猪牙舟を追った。

菅笠を被った船頭の猪牙舟は、吾妻橋を潜って隅田川に入った。

「半兵衛の旦那、どうやら向島ですね」

勇次は、菅笠を被った船頭の猪牙舟の行き先を読んだ。

「うん……」

半兵衛は頷いた。

菅笠を被った船頭は、向島に何しに行くのか……。

丸めた蒲団は何なのか……。

半兵衛は、隅田川を向島に進む菅笠を被った船頭の猪牙舟を見据えた。

水戸藩江戸下屋敷、料理屋『平石』、牛の御前、長命寺、白髭神社、桜並木……。

菅笠を被った船頭の猪牙舟は、向島を右手に見ながら隅田川を遡った。

勇次の猪牙舟は、半兵衛を乗せて追った。

菅笠を被った船頭の漕ぐ猪牙舟は、水神を過ぎた土手に船縁を寄せた。

「半兵衛の旦那……」

「うん。近くの土手に着けてくれ」

半兵衛は命じた。

菅笠を被った船頭は、土手に着けた猪牙舟から丸めた蒲団を降ろした。

そして、土手の茂みに丸めた蒲団を引き摺り上げ、窪みに転がした。

菅笠を被った船頭は嘲笑を浮かべ、鋤で丸めた蒲団に土塊や落ち葉を掛けようとした。

「何をしているんだい……」

半兵衛が現れた。

菅笠を被った船頭は、慌てて土手下に繋いだ猪牙舟に戻ろうとした。

勇次が現れ、行く手を塞いだ。

菅笠を被った船頭は、勇次に鋤を振り翳した。

刹那、半兵衛が菅笠を被った船頭の背を突き飛ばした。

菅笠を被った船頭は、悲鳴を上げて前のめりに倒れた。

勇次は、倒れた菅笠を被った船頭を蹴り飛ばし、馬乗りになって捕り縄を打とうとした。

「離せ、馬鹿野郎……」

菅笠を被った船頭は抗った。

「神妙にしやがれ……」

勇次は、船頭の菅笠を剝ぎ取り、その頰を殴り飛ばして捕り縄を打った。

「勇次……」

半兵衛が呼んだ。

「はい……」

勇次は、半兵衛の許に行った。

「見てみろ……」

半兵衛が、丸めた蒲団を開いていた。

「退け……」

「はい……」

勇次は、開いた蒲団を覗いた。

「あっ……」

勇次は眉をひそめた。

蒲団の中には、若いお店者の死体があった。

「半兵衛の旦那……」

「ああ……」

半兵衛は、縛り上げた船頭の胸倉を鷲摑みにした。

「あの仏は茶道具屋香風堂の手代の新助か……」

半兵衛は睨み、船頭に訊いた。

「知るか……」

船頭は、吐き棄てた。

「旦那、手代の新助ってのは、お嬢さんのおくみさんを勾引した……」

勇次は戸惑った。

「うむ。船頭、お前、舟持ち船頭の万造だな」

半兵衛は、船頭を厳しく見据えた。

船頭は、顔を背けた。

「手前、旦那がお訊きだ……」

勇次は、船頭の頰を張り飛ばした。

「ああ、そうだ。万造だ……」

船頭は、悔し気に頷いた。

「万造、仏は手代の新助だな」

半兵衛は、厳しく問い質した。

「ああ……」

万造は頷いた。

「誰が殺った。浪人の片倉紳一郎か……」

「さあ、俺が行った時には殺されていた」

万造は、恐ろし気に首を捻った。

「殺されていた……」

半兵衛は、何事かに気が付いて厳しい面持ちになった。

隅田川から夕暮れの風が吹き抜け、土手の茂みは大きく揺れた。

四

神田明神門前町の盛り場は明かりを灯し、連なる飲み屋は賑わい始めた。

音次郎は、片倉紳一郎と名乗った浪人が入っていった飲み屋を見張り続けた。

飲み屋には馴染客が訪れ始め、大年増の女将の笑い声が洩れていた。

大年増の女将の名はおこん。浪人は女将の情夫の白崎英之進……。

音次郎は、見張りをしながら近所の者たちに聞き込みを掛け、大年増の女将と浪人の名前を探り出した。

やはり、片倉紳一郎は偽名だったのだ。

だが、浪人の白崎英之進が茶道具屋『香風堂』の娘おくみの勾引しに拘わりがあるのは間違いない。

音次郎は、飲み屋の店内を窺った。

浪人の白崎英之進が店に現れ、女将のおこんと言葉を交わして出て来た。

漸く動く……。

音次郎は、物陰で見守った。

白崎英之進は、辺りを見廻して不審な者がいないと見定め、盛り場の出入口に向かった。

よし……。

音次郎は、物陰を出て白崎を追った。

盛り場には、酔客の笑い声と酌婦の嬌声が響いた。

隅田川には、舟遊びの船の明かりが浮かんでいた。

半兵衛は、勇次に舟持ち船頭の万造を大番屋の仮牢に入れるように命じ、御厩河岸の板塀に囲まれた家に戻った。

板塀に囲まれた家には、明かりが灯されていた。

「変わった事はないか……」

半兵衛は、見張っていた半次に尋ねた。

「はい。で、船頭の野郎は……」

「うむ。音次郎が追っていた舟持ち船頭の万造だったよ」

「やっぱり。で、あの蒲団は何でした」

「蒲団の中には、手代の新助の死体があった」

「新助って、おくみを勾引した香風堂の手代の新助ですか……」

半次は驚いた。

「ああ……」

半兵衛は、厳しい面持ちで頷いた。

「って事は、勾引しの一味の仲間割れですかね……」

半次は読んだ。

「そうかもしれないが、万造の話では、自分が此処に来た時には死んでいたそうでね。家にはおくみと浪人の片倉紳一郎がいるそうだ」

半兵衛は、明かりの灯された家を眺めた。

「おくみと浪人の片倉紳一郎。じゃあ、音次郎が追った浪人は何者なんですか……」

半次は首を捻った。

「うむ。万造は名前も知らぬ浪人だと云っていたが、此度の一件に深く拘わっているのは間違いない」

半兵衛は読んだ。

「はい。で、どうします」

半次は頷き、半兵衛の出方を窺った。

「うん。とにかく、香風堂の娘おくみの身柄を押さえるよ」

半兵衛は告げた。

「はい……」

半次は頷いた。

「相手は浪人の片倉紳一郎一人。私が捕り押さえる。半次は、おくみの身柄を押さえてくれ……」

半兵衛は命じた。

「承知しました」

半次は頷いた。

「よし……」

半兵衛と半次は、板塀に囲まれた家に近付き、木戸門から中に忍び込んだ。

板塀に囲まれた家は小さな明かりを洩らして、静けさに包まれていた。

半兵衛と半次は、表の戸を開けようとした。だが、戸には鍵が掛かっているのか、開く事はなかった。

半兵衛と半次は、家の裏にある勝手口に向かった。

勝手口の板戸は開いた。

半次は、僅かに開けた板戸の内を覗いた。

暗い土間と台所があった。

半次は、半兵衛に出方を窺った。

半兵衛は頷いた。

半次は、板戸を開けて暗い土間に忍び込んだ。

半兵衛は続いた。

半次と半兵衛は、暗い台所から廊下を窺った。

廊下は暗く、奥の座敷から僅かに明かりが洩れていた。

半兵衛と半次は、奥の座敷に忍び寄った。

奥の座敷には、人の声も物音もしなかった。

半兵衛は、半次を促した。

半次は頷き、座敷の襖を素早く開けた。

半兵衛が身構え、素早く踏み込んだ。

座敷には行燈が灯されているだけで、誰もいなかった。

半兵衛は眉をひそめた。

半次が入って来て戸惑った。

「旦那……」

「うん……」

半兵衛は、次の間の襖を開けた。

刹那、刃風が鳴った。

半兵衛は、咄嗟に跳び退いた。

刃が閃いた。

半兵衛は、襖に向かって抜き打ちの一刀を放った。

襖の半分が斬り飛ばされた。

着流しの若い浪人が、斬り飛ばされた襖の向こうで刀を構えていた。

「片倉紳一郎か……」

半兵衛は、若い浪人を見据えた。

「如何にも……」

若い浪人は、薄い笑みを浮かべた。

「半次……」

半兵衛は、半次に目配せをした。

「承知……」

半次は頷き、おくみを捜しに座敷から暗い廊下に出た。

「お前が手代の新助におくみの勾引しを命じたのか……」

「いいや……」

片倉は、嘲りを浮かべて首を横に振った。

「違うのか……」

半兵衛は眉をひそめた。

「向こうから勝手にやって来た……」

「勝手にやって来たのならば、新助がおくみを連れて来たのか……」

半兵衛は読んだ。

「違う。おくみが新助を連れて来たのだ」

「おくみが新助を……」

「ああ……」

「それで、お前と船頭の万造は、そいつを利用して勾引しとし、香風堂から百両の身代金を脅し取ったのか……」

「俺を勾引しの主犯にしたいようだが、そいつは違う……」

片倉は苦笑した。

「違う……」

半兵衛は、片倉を厳しく見据えた。

暗い座敷に人の気配はなかった。

半次は、連なる座敷を窺いながら暗い廊下を進んだ。

廊下の先の玄関の格子戸が開いていた。

半次は気が付き、玄関に走り、外に出た。

女が着物の裾を翻し、木戸門から走り出て行った。

おくみ……。

半次は追った。

女は、御厩河岸に向かって走った。

「ならば、誰がおくみを勾引したと云うのだ……」

半兵衛は、片倉紳一郎を見据えた。

「おくみを勾引したのは、おくみ自身だ」

片倉は苦笑した。

「おくみ自身……」

半兵衛は眉をひそめた。

「ああ。おくみは実家の香風堂にいるのが嫌になり、可愛がっていた手代の新助に船頭の万造の舟を用意させて逃げ出した……」

「逃げ出した……」

「ああ……」

「ならば、駆け落ち……」

半兵衛は戸惑った。

「そうなるな。それで実家を出て自由になったおくみは、今度は金が欲しくなった……」

「それで、自分を勾引して金を脅し取ろうとしたのか……」

「如何にも、おくみとはそのような女だ」

「して、何故、新助を殺した」

「新助は駆け落ちが勾引しになった事で恐ろしくなり、逃げ出そうとしたので……」

「殺したか……」

「おくみがな……」

「おくみが……」

「ああ。赤い扱きで首を絞めてな……」

片倉は、嘲りを浮かべて頷いた。

「今の話に間違いはないな……」

半兵衛は念を押した。

「ああ……」

「して、おくみは何処にいる」

「さあ、とっくに逃げ出している筈だ」

「そうか。ならば、大番屋に同道して貰う……」

半兵衛は告げた。

刹那、片倉は半兵衛に斬り付けた。

半兵衛は、鋭く踏み込みながら抜き打ちの一刀を放った。

閃光が交錯した。

半兵衛と片倉は、残心の構えを取った。

「おくみは怖い、好い女だよ……」

片倉は、引き攣ったような笑みを浮かべて横倒しに斃れた。

半兵衛は、吐息を洩らした。


おくみは、御厩河岸の船着場に駆け込んだ。

浪人が佇んでいた。

「白崎さま……」

おくみは科を作り、佇んでいた浪人を白崎と呼んで近寄った。

半次は、物陰から見守った。

日本橋に現れた浪人だ……。

半次は見定めた。

「親分……」

音次郎が這い寄って来た。

「おう……」

「野郎は白崎英之進。女は誰ですか……」

音次郎は眉をひそめた。

「茶道具屋香風堂のおくみだよ」

半次は囁いた。

「おくみ……」

音次郎は、戸惑いを浮かべた。

「ああ……」

半次は頷いた。

おくみは、浪人の白崎英之進に寄り添って蔵前の通りに向かった。

「親分……」

「ああ。追うよ……」

半次と音次郎は、寄り添って行くおくみと白崎を尾行た。

「あの二人、どんな拘わりなんですかね」

音次郎は、困惑を浮かべた。

「出来ているな……」

半次は、厳しい面持ちで読んだ。

「えっ……」

音次郎は混乱した。

おくみと白崎は、蔵前の通りを浅草に向かった。

半次と音次郎は尾行た。


半兵衛は、近所の者を自身番に走らせ、おくみと半次を捜した。だが、家の何処にも半次とおくみはいなかった。

おくみは逃げ、半次が追ったのか……。

半兵衛は読んだ。

そして、家の中には誰かを監禁していた痕跡はなかった。

片倉紳一郎の云った通りなのかもしれない。

何もかも、おくみの仕組んだ事なのか……。

半兵衛は、吐息を洩らした。

自身番の者と木戸番たちが、駆け付けて来た。

半兵衛は、片倉紳一郎の死体の始末を任せ、家から出た。

「半兵衛の旦那……」

音次郎が駆け寄って来た。

「音次郎か……」

「旦那、おくみと日本橋に現れた浪人、白崎英之進って奴なんですが、二人で浅草花川戸の曖昧宿に入りました。半次の親分が見張っています」

音次郎は報せた。

「日本橋に現れた浪人……」

半兵衛は眉をひそめた。

「はい……」

「よし。案内しろ……」

半兵衛と音次郎は、浅草花川戸に急いだ。

蔵前の通りから浅草広小路を横切ると、浅草花川戸町になる。

音次郎は、半兵衛を誘った。

夜空に酔っ払いの叫び声が響いた。

音次郎は、半兵衛を裏通りから隅田川の土手道に誘った。

土手道沿いに黒板塀に囲まれた曖昧宿があり、暗がりに半次が潜んでいた。

「親分……」

「おう。旦那、おくみと白崎って浪人、入ったままです」

半次は、半兵衛に報せた。

「よし……」

半兵衛は、曖昧宿を見据えた。

曖昧宿の座敷では、行燈の明かりが酒を飲むおくみと白崎英之進を照らしていた。

「そうか、役人が踏み込んで来たか……」

白崎は眉をひそめた。

「ええ……」

おくみは、科を作って猪口の酒を飲んだ。

「で、片倉に任せて逃げて来たか……」

「娘の頃からの腐れ縁。仕方がありませんよ」

おくみは微笑(ほほえ)んだ。

「仏具屋の若旦那のお内儀になっても、秘かに続いた腐れ縁か……」

白崎は笑った。

「ええ……」

「片倉紳一郎、おくみに惚(ほ)れたのが運の尽きだったかな」

「良い人ですよ、片倉紳一郎さま。私が嫁に行こうが、新助を可愛がろうが、白崎の旦那に抱かれようが、怒りもしなければ恨みもしない。私に好きな事をさせてくれる良い人ですよ……」

おくみは、小さな笑い声を洩らした。

「羨ましい程に哀れな奴だな……」

半兵衛の声がした。

白崎は、背後の刀を取ろうとした。

刹那、半兵衛が襖を開けて踏み込み、白崎に抜き打ちの一刀を放った。

白崎は、刀を抜く間もなく肩を斬られて倒れ込んだ。

音次郎が踏み込み、おくみを捕り押さえた。

半次は、肩から血を流して倒れた白崎を十手で打ちのめし、素早く捕り縄を打った。

「おくみ、此迄だよ」

半兵衛は、おくみに冷ややかに告げた。

「旦那、見逃しては貰えないのでしょうね」

おくみは、半兵衛に艶然と笑い掛けた。

「そいつは無理だ……」

半兵衛は苦笑した。

「そうですか。ああ、楽しかった……」

おくみは、覚悟を決めたように笑った。

おくみは怖い、好い女だよ……。

半兵衛は、片倉紳一郎の最期の言葉を思い出した。


「ま、まことか、半兵衛……」

北町奉行所吟味方与力の大久保忠左衛門は、半兵衛から事の真相を聞いて驚き、細い首の筋を引き攣らせて唸った。

「はい。茶道具屋香風堂おくみ勾引しの一件、おくみの企てた狂言に間違いありません」

半兵衛は頷いた。

「おのれ、おくみ。お上を愚弄しおって……」

忠左衛門は、筋張った細い首を伸ばして怒りに震えた。

おくみは、お縄になってから潔く覚悟を決め、何もかも素直に自供した。

おくみの自供は、浪人片倉紳一郎の云った通りだった。

忠左衛門は、おくみを手代の新助殺しとお上を愚弄した罪で死罪とし、浪人の白崎英之進と船頭の万造を遠島の刑に処した。そして、茶道具屋『香風堂』に闕所の沙汰を下した。

おくみ勾引しの一件は落着した。

「それにしてもおくみ、恐ろしい女ですね」

音次郎は身震いした。

「うむ。死んだ片倉紳一郎に云わせれば、おくみは怖い、好い女だそうだ」

半兵衛は苦笑した。

「毒のある花の方が美しいって奴ですか……」

半次は、吐息を洩らした。

「そう云う事だな……」

「それにしても旦那。手代の新助、おくみの家出の手伝いをし、手足となって働いた罪は良いんですか……」

音次郎は首を捻った。

「うむ。ま、新助もおくみに誑(たぶら)かされた一人。挙句(あげく)の果てに逃げ出そうとして、おくみに殺されたのだ……」

半兵衛は告げた。

「じゃあ、知らん顔ですか……」

「ああ。出来るものなら此の一件そのものを、知らん顔をしたかったよ」

半兵衛は苦笑した。

おくみは処刑された。

潔く覚悟を決めた微笑みを浮かべて……。

微笑みには、僅かな安堵が滲(にじ)んでいた。

半兵衛はそう見た。

おくみは怖い、好い女だ……。

半兵衛は、片倉紳一郎の云い残した言葉を思い出した。

ひょっとしたら、おくみの怖さを一番よく知っていたのは、おくみ自身だったのかもしれない……。

第四話　目利き

一

雨戸を開けると、朝陽は縁側に佇む半兵衛を一気に包んだ。
半兵衛は、眩し気に眼を細めて大きく背伸びをし、庭に下りて井戸端で顔を洗った。
ぱちん……。
元結の切られる音が鳴り、半兵衛の髷が解された。
半兵衛は、心地好さそうに眼を瞑り、廻り髪結の房吉に頭を任せていた。
房吉は、月代を剃り始めた。
「旦那、御存知ですか……」
房吉は、半兵衛に話し掛けた。

「何だい……」

「何処かの大身旗本が盗人に忍び込まれ、名刀を盗まれたそうですぜ」

房吉は、半兵衛の月代を剃りながら告げた。

「ほう。そんな大身旗本がいるのか……」

半兵衛は苦笑した。

「ええ。で、面白いのはそれからなんですよ」

房吉は、嘲りを浮かべた。

「面白い……」

「ええ。その盗まれた名刀、五年前に他の旗本がやはり盗人に盗まれた名刀だって噂なんですぜ」

房吉は、面白そうに笑った。

「って事は何か、大身旗本の盗まれた名刀、そもそも盗品だったたって噂なのか……」

半兵衛は問い質した。

「はい。それで、盗まれた大身旗本、事を公にせず、大騒ぎをしないで、家来たちに秘かに探させているって話ですぜ」

房吉は月代を剃り終えて、髷を結い始めた。

「その大身旗本、何処の誰かな……」

半兵衛は訊いた。

「駿河台は観音坂の水野一学さま……」

房吉は苦笑した。

「水野一学……」

「だって噂ですよ」

房吉は、髪を引いて髷を結い続けた。

「その噂が本当なら、水野一学、五年前の名刀盗難事件に何らかの拘わりがあるのかな」

半兵衛は眉をひそめた。

髷を結っている途中の所為か、髪の生え際に僅かな痛みを覚えた。

神田八ツ小路から八つの道筋の一つである駿河台へ続く幽霊坂を上がり、備後国福山藩江戸上屋敷の裏、甲賀町を抜けると観音坂の旗本屋敷の連なりに出る。

その旗本屋敷の連なりの中に水野一学の屋敷があった。

半兵衛は、半次や音次郎と観音坂に進んで水野屋敷を眺めた。

「旗本三千石の水野一学さまですか……」

半次は眉をひそめた。

「うん。無役の寄合だそうだ」

半兵衛は頷いた。

水野屋敷の表門は閉じられ、傍らの潜り戸から家来たちが出入りをしていた。

「家来たちは忙しそうですね」

音次郎は見守った。

「うむ……」

半兵衛は苦笑した。

「何が忙しいのか、ちょいと家来を追ってみますか……」

半次は告げた。

「そうして貰おうか。私は五年前の名刀盗難事件を調べてみるよ」

半兵衛は、それぞれのやる事を決めた。

「承知。じゃあ……」

半次は、音次郎を促して水野屋敷から出て来た二人の家来を追った。

半兵衛は見送り、水野屋敷を冷ややかに眺めた。

水野家の二人の家来は、神田八ツ小路から神田川に架かっている昌平橋を渡り、湯島の通りを本郷に向かった。

半次と音次郎は尾行（つけ）た。

北町奉行所の同心詰所は、定町廻り（じょうまちまわ）りや臨時廻りの同心たちが見廻りに出掛け、閑散（かんさん）としていた。

半兵衛は、当番同心に声を掛けて大久保忠左衛門の用部屋に向かった。

「大久保さま……」

半兵衛は、背を丸めて書類を読んでいる忠左衛門に声を掛けた。

「えっ。誰だ、何だ……」

忠左衛門は驚き、振り返った。

「白縫半兵衛です……」

半兵衛は、忠左衛門の驚いた様子に苦笑した。

「う、うむ。どうした半兵衛。呼んでいないのに来るとは珍しいな」

忠左衛門は白髪眉をひそめ、居住まいを正した。

「はい。ちょいとお伺いしたい事がありましてね。宜しいですか……」

「うむ。入るが良い」

忠左衛門は、筋張った細い首で頷いた。

「では、遠慮なく……」

半兵衛は、用部屋に入って忠左衛門の前に座った。

「それで、何用だ……」

忠左衛門は、身構えるように座り直し、筋張った細い首を伸ばした。

「はい。五年前、ある旗本家に盗賊が忍び込み、金と一緒に名のある刀を盗み取った一件がありましたな」

半兵衛は尋ねた。

「ああ。あったな、そのような一件……」

忠左衛門は頷いた。

「忍び込まれた旗本は……」

「ああ。確か水道橋の南、稲荷小路に屋敷を構えている堀田将監さまだったな」

「して、堀田将監さま、その時、金の他に秘蔵の名刀も盗まれた……」

「うむ。当時、堀田さまは盗賊に忍び込まれ、金と秘蔵の名刀を盗まれたのは武門の恥辱とし、表沙汰にせず、何もかも内密に始末したと伝え聞いたが……」

忠左衛門は、細い首の筋を上下させた。

「その、盗まれた秘蔵の名刀とは……」

半兵衛は、身を乗り出した。

「うむ。確か備前長船の景光の一刀だと聞いたと思ったが……」

忠左衛門は、筋張った細い首を伸ばして告げた。

「備前長船景光の一刀……」

半兵衛は眉をひそめた。

「半兵衛、その刀がどうかしたのか……」

忠左衛門は、半兵衛に怪訝な眼を向けた。

「どうも、その備前長船景光の名刀、近頃、駿河台は観音坂の旗本水野一学さまの屋敷から盗まれたとか……」

半兵衛は告げた。

「何……」

忠左衛門は、戸惑いを浮かべた。

「五年前、堀田将監さまが盗まれた備前長船景光の名刀が、今度は水野一学さまの屋敷から盗まれた……」

「半兵衛、どう云う事だ……」

忠左衛門は困惑した。

「はい。堀田将監さまが盗まれた備前長船景光の名刀、何故か水野一学さまの屋敷にあったと云う事です」

半兵衛は説明した。

「な、何だと……」

忠左衛門は驚き、細い首の筋を引き攣らせた。

「妙ですな……」

「うむ。妙だ。どう云う事だ……」

忠左衛門は、筋張った細い首を捻った。

「さあて、どう云う事なのか、面白い話ですな……」

半兵衛は笑った。

本郷三丁目にある刀剣商『神明堂』は、暖簾を微風に揺らしていた。

半次と音次郎は、刀剣商『神明堂』の店内を窺った。

刀剣商『神明堂』の店内の帳場では、水野家の二人の家来が番頭と何事か話し込んでいた。

「何を話しているんですかね……」

音次郎は眉をひそめた。

「わざわざ刀剣商に来たんだ。盗まれた名刀の事だろうな」

半次は読んだ。

「そうか……」

音次郎は、半次の読みに感心した。

「盗まれた名刀が売りに出されちゃあいないかとか、何か噂を聞かないかとか……」

半次は読み続けた。

「名刀ともなると、その辺の故買屋の手には負えませんか……」

音次郎は笑った。

「きっとな。よし、音次郎、あの二人の家来の動きを見届けてくれ」

「親分は……」

「俺は知っている故買屋に盗品の名刀なんかを扱う奴がいるかどうか、訊いて来る」

「分かりました」

「じゃあな……」

半次は、二人の家来を音次郎に任せ、知り合いの故買屋に急いだ。

神田川に架かっている水道橋の南、稲荷小路に堀田屋敷はあった。

堀田将監は二千石取りの旗本であり、無役の小普請だった。

半兵衛は、堀田屋敷を眺めた。

堀田屋敷は表門を閉め、静寂に覆われていた。

主の堀田将監は、水野一学が備前長船景光の名刀を盗まれたと知り、五年前の盗難事件の真相に迫ろうとするかもしれない……。

半兵衛は読んだ。

それとも、五年前に己の屋敷から盗まれた備前長船景光の名刀が水野一学の屋敷にあると知り、何者かに盗み取らせたのかもしれない……。

半兵衛は、別の読みもしてみた。

堀田屋敷の表門脇の潜り戸が開いた。

半兵衛は、咄嗟に稲荷小路を神田川に向かった。

堀田屋敷の潜り戸から若い家来が現れ、立ち去って行く半兵衛を見送った。


両国広小路の外れに薬研堀があり、堀端に小さな骨董屋があった。

半次は、戸口に狸の置物を飾った小さな骨董屋『狸や』の暖簾を潜った。

「邪魔するよ……」

骨董屋『狸や』の老店主は、入って来た客が半次だと気が付いた。

「こりゃあ、半次の親分……」

老店主は笑みを浮かべた。

「やあ。父っつあん、達者にしていたかい……」

半次は、骨董屋の裏で故買屋をしている老店主に笑い掛けた。

「ええ。お蔭さまで……」

「今日、来たのは他でもない。駿河台は観音坂の水野屋敷の一件、聞いているかい……」

半次は尋ねた。

「ええ。そりゃあ、まあ……」

老店主は頷いた。

「何処の盗人の仕業か聞いているか……」

「さあ……」

老店主は首を捻った。

「じゃあ、盗んだ刀の始末は……」

「さあて、何分にも備前長船の名刀、あっしたちのような者の手に負えるような品物じゃありませんよ」

老店主は、戸惑いを浮かべた。

「そいつは分かっている。訊きたいのは、扱っているとしたら、どんな奴かだよ」

半次は苦笑した。

「そうですね。そいつは、おそらく刀剣商か目利きですかねえ……」

老店主は読んだ。

「刀剣商か目利きか……」

「ええ。ま、盗人と裏で繋がっていて、秘かにお武家に売り込むとなれば、刀剣商より目利きですかね」

「目利きか……」

「ええ。世間には出廻らず、裏から裏に取引きするのにはね……」

「じゃあ、その目利きで、らしい奴を知っているかな……」

半次は訊いた。

「さあて、そこ迄は……」

老店主は苦笑した。

「知らないか……」

神田川に架かっている水道橋を北に渡ると、水戸藩江戸上屋敷の東端に出る。

半兵衛は、水道橋を北に渡り、神田川沿いの道を昌平橋に向かった。

何者かの視線が追って来る……。

半兵衛は、稲荷小路から己を見詰める何者かの視線を感じ、それとなく背後を窺った。

羽織袴の若い武士が、一定の距離を取ってやって来ていた。

奴か……。

半兵衛は、神田川沿いの道を進んで湯島の学問所脇の昌平坂に曲がった。
昌平坂を下って湯島横町を北に曲がると神田明神だ。
半兵衛は、神田明神の鳥居を潜って境内に進んだ。
神田明神の境内は参拝客で賑わっていた。
半兵衛は、拝殿に手を合わせて境内の隅の茶店に向かった。
「いらっしゃいませ……」
半兵衛は、茶店の老亭主に迎えられ、縁台に腰掛けて茶を頼んだ。
羽織袴の若い武士は、境内の石燈籠の陰に佇んで半兵衛を見張っていた。
堀田家家中の者か……。
半兵衛は、運ばれた茶を啜りながら読んだ。
よし、ならば……。
半兵衛は、石燈籠の陰に佇んでいる羽織袴の若い武士に笑い掛けた。
若い武士は、咄嗟に石燈籠の陰に隠れた。
半兵衛は、縁台に茶代を置いて石燈籠に向かった。
若い武士は、慌てて石燈籠の陰から立ち去ろうとした。

「私に用があるようだね」

　半兵衛は声を掛けた。

　若い武士は立ち止まり、狼狽えを隠して半兵衛を見詰めた。

「私は北町奉行所臨時廻り同心の白縫半兵衛。おぬしは堀田家家中の方と見たが……」

　半兵衛は笑い掛けた。

「私は松本小五郎、仰る通り堀田家家中の者です」

　松本小五郎と名乗った若い武士は、素直に応じた。

「やはり。して、私に用とは、備前長船景光の名刀の事かな……」

「は、はい。過日、旗本水野一学さまのお屋敷から盗賊に盗まれたと聞きましたが、それは真の事ですか……」

　小五郎は、硬い面持ちで尋ねた。

「おそらく……」

　半兵衛は頷いた。

「ならば、その備前長船景光の名刀。水野さまはいつ何処から手に入れたのでしようか」

小五郎は身を乗り出した。

「それなのだが、我らも今、その辺りを探っていましてな」

半兵衛は苦笑した。

「そうですか……」

小五郎は肩を落とした。

「松本小五郎さんでしたね」

「はい……」

「堀田家では、水野家から盗まれた備前長船景光が五年前に奪われたものだと……」

半兵衛は、小五郎を見据えた。

「は、はい。我が主、堀田将監さまは五年前に我が屋敷から盗まれた備前長船景光の名刀に違いないと……」

小五郎は、主の将監の見方を告げた。

「それで、取り戻せと……」

半兵衛は読んだ。

「はい。そして、五年前、盗人に盗ませたのは水野一学さまだと云う証拠を摑めと……」

　小五郎は眉をひそめた。

「そいつは、中々難しい注文だね」

　半兵衛は苦笑した。

「はい。それで、私もどうして良いか分からず、偶々屋敷の前でお見掛けした白縫さまが何か御存知かと思い……」

「後を尾行て来たか……」

「はい……」

　小五郎は、困惑を浮かべて頷いた。

「そうか……」

　半兵衛は、小五郎に同情した。

二

　金龍山浅草寺の境内は賑わっていた。

　半次は、境内の人込みを見廻した。

　隙間風の五郎八が、片隅にある茶店で茶を飲みながら行き交う者を眺めていた。

半次は、五郎八の背後に近付いた。

「獲物はいたか……」

半兵衛は、五郎八に声を掛けた。

「えっ……」

五郎八は驚き、振り返った。

「偉そうな旗本、金に物を言わせる大店の旦那。隙間風の五郎八の獲物はいたのかな……」

半次は、五郎八の隣に腰掛けた。

「何だ。半次の親分ですか……」

五郎八は苦笑した。

「うん……」

半次は、茶店の女に茶を頼んだ。

「で、何ですか……」

「備前長船景光の名刀の一件だよ」

「ああ。あれですか……」

五郎八は、睨み通り一件を知っていた。

「うん。水野屋敷に忍び込んだ盗人、何処の誰だ……」

「警戒の緩い旗本屋敷でも、見付かればあっと云う間に首が飛ぶ。素早く忍び込み、欲を掻かずに盗み、さっさと引き上げる。そんな芸当が出来る盗人は、朧の彦十と黒猫の藤兵衛、それに隙間風の五郎八ぐらいかな」

五郎八は笑った。

「五郎八、冗談は抜きだ。水野屋敷に押し込んだのは朧の彦十と黒猫の藤兵衛のどっちだ」

半次は、五郎八は厳しく見据えた。

「そいつが親分、朧の彦十は二年前に病で死に、黒猫の藤兵衛はとっくに隠居している」

「だったら、残るは隙間風の五郎八か……」

半次は笑った。

「冗談じゃありません。水野屋敷に忍び込んで備前長船景光の名刀を盗むような名人上手の盗人は、今は知らないって事ですよ」

五郎八は苦笑した。

「だったら隙間風の、盗んだ名刀の始末には刀剣商か目利きが絡んでいる筈だと聞いたが何か知っているか……」

「ああ。そいつはおそらく目利きですよ。馴染のお武家から欲しい名刀が何処にあるか聞き、盗人に忍び込ませて盗み取る」

「目利き、何処の誰だ……」

「きっと、桂井道悦って目利きですよ」

「桂井道悦……」

半次は眉をひそめた。

「ええ。裏渡世にも出入りしていましてね。いろいろ噂のある目利きですよ」

五郎八は嘲りを浮かべた。

「桂井道悦、家は何処だ……」

半次は、漸く手掛かりの欠片を掴んだ。

夕暮れ時が訪れ、浅草寺境内の参拝客は減り始めていた。

囲炉裏に掛けられた鳥鍋は、湯気を吹き上げた。

「さあ、出来ましたよ」

音次郎は、半兵衛と半次に鶏肉や野菜を椀に盛って差し出した。

「うん。して、音次郎。水野家の家来は、刀剣商を訪ね歩いたんだね」

半兵衛は、鶏肉を食べながら酒を飲んだ。

「はい。刀剣商の者の話では、盗まれた備前長船景光が持ち込まれなかったか、何か噂を聞いていないか、そのあたりを尋ね廻っていたようです」

音次郎は、鶏肉や野菜を食べながら告げた。

「そうか。して、半次。隙間風の五郎八でも忍び込んだ盗人は分からないか……」

「はい。で、刀剣商か目利きが絡んでいるのかと訊くと、おそらく桂井道悦って目利きが絡んでいるかもと……」

半次は、酒を飲みながら告げた。

「その目利きの桂井道悦の家は何処だ」

「そいつが神楽坂の方だそうですが、詳しい場所は分からないと。明日から神楽坂を洗ってみます」

「うむ。頼む……」

「それから五郎八が、水野屋敷に忍び込んだ盗人を捜してみるそうです」

「そいつはありがたい……」

半兵衛は頷いた。

「で、旦那の方は……」

「うむ。もし、水野家が盗まれたと云う備前長船景光が、五年前に堀田家から奪われた物なら、堀田家はどう動くか行ってみたよ」

半兵衛は酒を啜った。

「で、如何(いかが)でした……」

「うむ。若い家来が尾行て来てね……」

「若い家来が、旦那を……」

半次は眉をひそめた。

「うん。名前は松本小五郎。殿さまの堀田将監から、備前長船景光を取り戻し、五年前の一件が水野一学の指図によるものだと云う証拠を摑めと命じられ、困っていたよ」

半兵衛は苦笑した。

「そうでしょうね。そんな真似が素人(しろうと)に簡単に出来たら、あっしたちは無駄飯食いの役立たずですぜ」

音次郎は、鳥鍋をお代わりしながら笑った。

「ああ。音次郎の云う通りだ……」

半兵衛は頷いた。

「それで、どうしたんですか……」

半次は、手酌で酒を飲んだ。

「うん。こっちも堀田家の動きを知りたいからね。探索の進み具合を報せる約束をしたよ」

半兵衛は告げた。

囲炉裏の火は燃え、鳥鍋は小さな音を鳴らして煮え続けた。

「して半兵衛、何か分かったか……」

大久保忠左衛門は、半兵衛に筋張った細い首を伸ばした。

「そいつは未だですが、何か……」

半兵衛は、忠左衛門の様子に微かな戸惑いを覚えた。

「う、うむ。実は堀田将監さまがお奉行を通じて探索の様子をいろいろと問い合わせて来たそうだ」

忠左衛門は、筋張った細い首の喉仏(のどぼとけ)を腹立たしげに上下させた。

「ほう。堀田さまが……」

「水野さまの盗まれた刀が備前長船景光だとしても、五年前に堀田さまが盗まれた物だと決まった訳じゃない。それなのに……」

忠左衛門は、細い首の筋を引き攣らせた。

「そいつは面倒ですな」

「ああ。そして、分かった事があれば、何もかも速やかに報せろとな……」

忠左衛門は、細い首の筋を怒りに引き攣らせた。

「大久保さま、それはお奉行の指図ですか……」

半兵衛は、忠左衛門を見詰めた。

「半兵衛。此の一件、落着する迄、分かった事の一切を儂に報せず、おぬしの一存で好きにやれ」

忠左衛門は命じた。

「私の一存で、好きに……」

「ああ。儂は見ざる、聞かざる、言わざるの三猿を決め込む。良いな」

忠左衛門は、筋張った細い首を伸ばして笑みを浮かべた。

「心得ました」

半兵衛は苦笑した。

外濠は煌めいた。

牛込御門を出て外濠を渡ると、正面には神楽坂が続いている。

半次と音次郎は、神楽坂を上がり毘沙門天で名高い善国寺傍の牛込肴町の自身番に赴いた。

「刀剣の目利きの桂井道悦かい……」

自身番の店番は、町内に住む者の名簿を捲った。

「ええ。神楽坂界隈に住んでいると聞いたんですがね」

半次と音次郎は、店番の返事を待った。

僅かな刻が過ぎた。

「いないねえ。目利きの桂井道悦……」

店番は、申し訳なさそうに告げた。

「そうですか……」

半次と音次郎は、肴町の自身番の店番に礼を述べ、隣の岩戸町の自身番に向かった。

「堀田屋敷に出入りしていた刀剣の目利きですか……」

松本小五郎は眉をひそめた。

「うむ。五年前にね……」

半兵衛は頷いた。

「と仰いますと、備前長船景光が盗まれた頃、屋敷に出入りしていた目利きですね」

「うむ。いたかな……」

半兵衛は頷き、小五郎を見詰めた。

「はい。殿の将監さまと親しい目利きがおり、屋敷に出入りをしていました」

「その目利き、何と云う名前なのかな……」

「桂井道悦と申される目利きです」

小五郎は告げた。

「桂井道悦……」

半兵衛は眉をひそめた。

やはり、目利きの桂井道悦の名前が出た。

「桂井道悦、今も出入りしているのかな」

半兵衛は尋ねた。

「はい。時々来ていますが。白縫さま、五年前の一件、目利きの桂井道悦が拘わっているのですか……」

小五郎は、喉を鳴らした。

「ひょっとしたらな……」

半兵衛は頷いた。

「そうか。目利きの桂井道悦なら堀田家に備前長船景光があり、屋敷の何処に所蔵されているのかも知っていました……」

「やはりな……」

「おのれ、目利きの桂井道悦……」

小五郎は、怒りを滲ませた。

「焦るな、小五郎さん。目利きの桂井道悦が拘わっている確かな証拠は未だ何もない……」

半兵衛は苦笑した。

「は、はい……」

小五郎は、喉を鳴らして頷いた。

目利きの桂井道悦は、五年前に堀田将監の屋敷に出入りしていた。そして、水野一学の屋敷にも出入りをしているのかどうかだ。

そいつを見定める……。

半兵衛は、駿河台観音坂の水野一学の屋敷に行ってみる事にした。


目利きの桂井道悦は、牛込肴町の隣の岩戸町にも住んでいなかった。

盗人隙間風の五郎八の情報は間違いだったのか……。

半次と音次郎は肩を落とし、岩戸町の木戸番を訪れた。

「こりゃあ、半次の親分、音次郎さん……」

顔馴染の木戸番の長助が、半次と音次郎を迎えた。

「やあ、長助さん。ちょいと休ませて貰うよ」

半次と音次郎は、木戸番屋の前の縁台に腰掛けた。

「出涸らしですけど、どうぞ……」

長助は、半次と音次郎に茶を持って来た。

「此奴はありがたい……」

半次と音次郎は、茶を飲んで一息吐いた。

「今日は何ですかい……」

「うん。此の界隈に桂井道悦って目利きがいるって聞いて来たんだが……」

「目利きの桂井道悦さんですか……」

「うん。何処にもいなくてね」

半次は茶を啜った。

「あれ。桂井道悦さん、いませんか……」

木戸番の長助は、戸惑いを浮かべた。

「えっ、いるのかい……」

「ええ。おまきって常磐津のおっ師匠さんの家にいる筈ですよ」

「おまきって常磐津の師匠の家……」

「ええ。目利きの桂井道悦さん、情婦のおまきさんの家にずっと転がり込んでいますからね」

長助は笑った。

「親分……」

音次郎は、安堵を滲ませた。

「うん。五郎八の云った事に間違いはなかったか……」

半次は苦笑した。

「ええ……」

「で、長助さん。そのおまきって常磐津のおっ師匠さんの家、何処かな……」

半次は、不意に訪れた朗報に身を乗り出した。

「あの家ですね……」

音次郎は、板塀で囲まれた家を指差した。

「ああ……」

半次は、板塀の木戸門に『常磐津おしえます』と書かれた看板が掛けられているおまきの家を眺めた。

「さあて、どうします……」

「うん。先ずは桂井道悦がいるかどうか見定める。裏を見て来な……」

半次は命じた。

「はい……」

音次郎は裏に走った。

半次は、物陰に入っておまきの家を見張り始めた。

駿河台観音坂の水野屋敷は、表門を閉めて緊張感を漂わせていた。

主の水野一学は、家来たちを江戸中の刀剣商の許に走らせ、盗まれた備前長船景光が売りに出されていないかを調べさせていた。

盗人が盗んだ備前長船景光を刀剣商に持ち込む筈はない。裏渡世から故買屋を通じて秘かに売り捌くのだ。

水野一学と家来たちは、それに気付かずに動き廻っているのだ。

しかし、盗品が備前長船景光程の名刀となると、町場の故買屋辺りでは手に負えない。

そこで、故買屋に代わって目利きが動くのだ。

その目利きは桂井道悦だと思われるが、未だ確かな証拠はない。

半兵衛は、水野屋敷を眺めた。

中年の中間が水野屋敷表門脇の潜り戸から現れ、軽い足取りで甲賀町に向かった。

緊張感に満ちた水野屋敷の奉公人にしては、軽い足取りだった。

おそらく、水野家に恩も義理もない渡り中間……。
半兵衛は睨んだ。
よし……。
半兵衛は、甲賀町を行く中年の中間を追った。
中年の中間は、甲賀町から幽霊坂に曲がって神田八ツ小路に進んだ。
神田八ツ小路には、多くの人が行き交っていた。
中年の中間は、神田八ツ小路を横切って神田川に架かっている昌平橋に向かった。
半兵衛は追った。
中年の中間は、昌平橋を渡って明神下の通りから神田明神門前町に入った。
明るい内から酒を飲むつもりなのだ。
睨み通り、渡り中間……。
半兵衛は苦笑した。
よし……。
半兵衛は、中年の中間を呼び止めた。

中年の中間は、怪訝な面持ちで振り返った。

「こりゃあ、旦那。あっしに何か……」

「お前さん、観音坂にある水野屋敷に雇われている渡り中間だね」

半兵衛は笑い掛けた。

「へ、へい。そいつが何か……」

中年の中間は、戸惑いを浮かべた。

「うん。ちょいと聞きたい事があってね……」

半兵衛は、中年の中間に素早く小粒を握らせた。

中年の中間は、薄く笑って小粒を握り締めた。

「へい。何なりと……」

「水野屋敷に刀の目利きは出入りしているかな……」

半兵衛は尋ねた。

「刀の目利き……」

「うむ。どうだ、出入りしているか……」

「は、はい。刀の目利きなら、時々出入りしていますぜ」

中年の中間は、小粒を固く握り締めた。

「そうか。して、その目利き、名前は何て云うのかな……」

「へい。桂井道悦って名前の目利きですよ」

「桂井道悦……」

半兵衛は眉をひそめた。

備前長船景光が盗まれた堀田屋敷に出入りしていた目利きの桂井道悦は、水野一学の屋敷にも出入りしていた。

「へい……」

中年の中間は頷いた。

半兵衛は、中年の中間を見据えた。

「間違いないな……」

「そ、そりゃあ、もう……」

中年の中間は、小粒を固く握り締めて緊張した面持ちで頷いた。

どうやら間違いない……。

目利きの桂井道悦は、備前長船景光が盗まれた堀田屋敷と水野屋敷に出入りしていた。

半兵衛は見定めた。

神田明神門前町の盛り場は、飲み屋が店を開け始めた。

三

夕暮れ時が訪れた。

牛込岩戸町の常磐津の師匠おまきの家には、常磐津の弟子らしき隠居が出入りしていた。

半次と音次郎は見張った。

「目利きの桂井道悦、年の頃は五十歳前後で禿げ頭の中肉中背、いつも十徳を着て茶の湯の宗匠のような形。木戸番の長助さんの云ったような奴、今日はもう出て来ませんかね」

音次郎は、吐息を洩らしながら夕暮れの空を眺めた。

「音次郎……」

半次がおまきの家を示した。

「はい……」

音次郎は、おまきの家の板塀の木戸門を見た。

禿げ頭の十徳姿の男が現れ、辺りを見廻して木戸門を閉めていた。

「目利きの桂井道悦……」

音次郎は緊張した。

「ああ……」

桂井道悦は、神楽坂に向かった。

「追うよ……」

半次は、物陰を出て桂井道悦を追った。

「合点です」

音次郎は、声を弾ませて続いた。

桂井道悦は夕陽を浴び、神楽坂を外濠に向かって下りた。

半次と音次郎は尾行た。

不忍池に月影が映(は)えた。

木陰に潜んだ半次は、不忍池の畔(ほとり)にある料理屋『花邑(はなむら)』を見張っていた。

目利きの桂井道悦は、不忍池の畔の料理屋『花邑』を訪れ、僅かな刻が過ぎていた。

音次郎が料理屋『花邑』の裏から現れ、半次の許に駆け寄って来た。

「何か分かったか……」

「はい。台所女中に訊いたんですが、目利きの桂井道悦の入った座敷は、料理が二人前ずつ運ばれているそうですよ」

音次郎は報せた。

「誰かと逢っているか……」

「ええ。相手が誰か詳しく分かりませんが、どうやら侍だそうです」

「侍……」

半次は眉をひそめた。

「ええ」

音次郎は頷いた。

侍が何処の誰かは分からないが、備前長船景光が盗まれた事に何らかの拘わりがあるのかもしれない。

半次は読んだ。

四半刻が過ぎた。

羽織袴の武士が料理屋『花邑』から現れ、道悦や女将（おかみ）に見送られて不忍池の畔を去って行った。

「音次郎……」

半次は、音次郎に羽織袴の武士を尾行ろと命じた。

音次郎は頷き、木陰伝いに羽織袴の武士を追った。

羽織袴の武士を見送った桂井道悦は、女将に何事かを告げて明神下の通りに向かった。

何処に行く……。

半次は追った。


目利きの桂井道悦は、明神下の通りを神田明神に向かった。

半次は尾行た。

道悦は、神田明神門前町にある雨戸を閉めた茶店に進んだ。そして、辺りに人影がないのを見定め、茶店の閉められた雨戸を静かに叩いた。

雨戸が開いた。

道悦は、素早く茶店に入った。

雨戸は閉められた。

半次は見届けた。

茶店は、雨戸を閉めて静寂に沈んだ。

どう云う茶店だ……。

半次は、雨戸を閉めた茶店を窺った。

夜空に甲高い拍子木の音が響き渡った。

夜廻りの木戸番だった。

半次は、近付いて来る拍子木の甲高い音を待った。

木戸番の腰に結んだ提灯の明かりが、町の辻に浮かんだ。

半次は懐から十手を出し、やって来た夜廻りの木戸番に声を掛けた。

夜廻りの木戸番は驚いた。

「俺は岡っ引の本湊の半次だ……」

半次は、十手を見せて笑い掛けた。

「ああ。本湊の親分さんですか……」

木戸番は、安堵の吐息を洩らした。

「ちょいと聞きたい事がある……」

半次は、木戸番を物陰に促した。

「は、はい……」

「あの茶店、どう云う茶店なのかな」

半次は、雨戸を閉めた茶店を示した。

「ああ。あの茶店は佐平さんって人の店でしてね。おかみさんのおこまさんと倅の佐助の三人暮らしですよ」

木戸番は告げた。

「亭主の佐平さんと女房のおこまさん、それに倅の佐助か……」

「ええ……」

木戸番は頷いた。

「で、繁盛しているのかな」

「ま、普通でしょうね。時々、旅の行商人を泊めたりしていますが……」

木戸番は、戸惑った面持ちで告げた。

「旅の行商人ねえ……」

半次は眉をひそめた。

「ええ。親分、佐平さんたちがどうかしたんですか……」

「いや。足を止めさせて済まなかったね。夜廻りを続けてくれ……」

半次は笑った。

「は、はい。じゃあ……」

木戸番は、拍子木を打ち鳴らして夜廻りを再開した。

半次は、茶店が旅の行商人を泊める事があるのが気になった。

茶店の雨戸が開いた。

半次は、物陰に潜んだ。

目利きの桂井道悦が茶店から出て来た。

半次は見守った。

道悦は、茶店の中から見送る初老の小柄な男と言葉を交わし、湯島の通りに向かった。

初老の小柄な男は、道悦を見送って雨戸を閉めた。

亭主の佐平……。

半次は睨み、道悦を追った。

木戸番の打つ拍子木の音が、夜空に甲高く響き渡った。

不忍池の畔から下谷広小路に抜け、御徒町(おかちまち)を横切って尚も進むと三味線堀界隈に出る。

羽織袴の武士は、三味線堀の傍を進んだ。

音次郎は尾行た。

羽織袴の武士は、三味線堀の傍にある大名屋敷に入った。

音次郎は見届け、緊張を解いて吐息を洩らした。

何処の大名屋敷だ……。

音次郎は、辺りの大名旗本屋敷を見廻した。


半兵衛、半次、音次郎は、火の燃える囲炉裏を囲んで酒を飲んでいた。

炎は揺れて躍った。

「して、桂井道悦、神田明神門前町の茶店を出て神楽坂の常磐津のおっ師匠さんの家に帰ったのか……」

半兵衛は、湯飲茶碗の酒を飲んだ。

「はい。茶店には五十近い小柄な佐平って亭主、おこまって女房に佐助って倅の三人が住んでいましてね。時々、旅の行商人を泊めたりもするそうです」

半次は告げた。

「へえ。時々、旅の行商人を泊めるか……」

半兵衛は、小さな笑みを浮かべた。

「ええ。ひょっとしたらと思いましてね。明日にでも確かめてみます」

半次は、酒を啜った。

「うん。して、音次郎。料理屋で道悦が逢っていた武士は、何処の誰だったんだい」

「はい。浅草三味線堀の傍にある下野国は烏山藩江戸上屋敷に入って行きました」

音次郎は報せた。

「ならば、下野国烏山藩家中の者か……」

半兵衛は読んだ。

「きっと。明日、名前を突き止めます」

音次郎は、半兵衛が買って来た稲荷寿司を食べながら告げた。

「うむ。気を付けてな」

「はい……」

音次郎は、稲荷寿司を頬張りながら頷いた。

「で、旦那。目利きの桂井道悦、堀田屋敷の他に水野屋敷にも出入りしていましたか……」

半次は眉をひそめた。

「ああ。盗人に備前長船景光を奪われた両方の屋敷に出入りしていたよ」

半兵衛は苦笑した。

「じゃあ……」

半次は、半兵衛を窺った。

「うん。おそらく間違いないだろうが、肝心なのは押し込んだ盗人と……」

半兵衛は酒を飲んだ。

「盗人と何ですか……」

半次は、怪訝な面持ちで訊いた。

「道悦の背後に潜んでいる者がいるのか、どうかだ」

「道悦の背後に潜む者ですか……」

半次は、微かな困惑を浮かべた。

「ああ……」

半兵衛は薄く笑った。

囲炉裏の火は躍った。

浅草寺には、朝から多くの参拝客が訪れていた。

隙間風の五郎八は、獲物を捜しに軽い足取りでやって来た。

獲物は威張(いば)り腐(くさ)っている武士か、金に物を云わせる大店の旦那であり、後を尾行て屋敷やお店を突き止め、悪辣(あくらつ)さを見極めて押し込む……。

五郎八は、境内を行き交う参拝客に獲物を捜しながら片隅の茶店に入り、縁台に腰掛けて茶を頼んだ。

「待っていたぜ、隙間風の……」

「えっ……」

五郎八は、不意に掛けられた声に驚いた。

半次が隣にいた。

「こりゃあ、半次の親分……」

「水野屋敷から名刀を盗み取った盗人、思い当たる者はいたかい……」

「そいつがどうにも……」

五郎八は、首を横に振った。

「だったら、ちょいと付き合って貰おう」

半次は笑った。

「えっ……」

「行くよ……」

半次は、戸惑う五郎八を促した。

三味線堀の水面は煌めいた。

音次郎は、下野国烏山藩江戸上屋敷周辺の旗本大名屋敷の奉公人や出入りの商人に聞き込みを掛けた。

烏山藩大久保家は三万石の大名であり、藩主は忠成と云った。大久保忠成は俳号を持つ趣味人だった。

「へえ。そんな風流な殿さまなんですかい……」

音次郎は感心した。

「ですから、御家来衆や奉公人にも厳しさは余りなくて長閑なもんですよ」

出入りの商人たちは口を揃えた。

「で、お殿さま、近頃は茶の湯や俳句の他に名刀を集め始めたと聞きましたよ」

斜向かいの旗本屋敷の老下男は告げた。

「名刀を集め始めた……」

音次郎は眉をひそめた。

「ああ。で、お納戸役の島崎竜蔵さまが売りに出ている名刀や殿さま御所望の名刀があるかどうか、刀剣商や目利きに訊いて歩いているそうだよ」

老下男は告げた。

「島崎竜蔵さま……」

音次郎は、目利きの桂井道悦と料理屋『花邑』で逢った鳥山藩家中の武士を島崎竜蔵だと睨んだ。

神田明神門前町は、神田明神の参拝客が行き交っていた。

門前町にある茶店は、亭主の佐平と女房のおこまが参拝帰りの客の相手をしていた。

「あの亭主に見覚えはないかな……」

半次は、隙間風の五郎八に茶店の亭主佐平を示した。

「あの茶店の亭主ですか……」

五郎八は、物陰から茶店で客の相手をしている亭主の佐平を見た。

「あっ……」

五郎八は、小さな声を上げた。

「知っているか……」

半次は、身を乗り出した。

「ええ。見覚えのある面です」

五郎八は、喉を鳴らして頷いた。

「何て野郎だ……」

「そいつが、昔、何処かで見たって覚えがあるぐらいでして、名前迄は……」

五郎八は首を捻った。

「分からないか……」

「ええ……」

「茶店の主としての名は佐平だ」

「佐平……」

「ああ、佐平だ。覚えはないか……」

「佐平ねえ……」

五郎八は眉をひそめた。

「そうか。で、見た覚えがあるってのは、盗人としてだな……」

「そりゃあもう……」

五郎八は頷いた。

「何れにしろ、盗人には間違いないか……」

「ええ……」

「よし。隙間風の父っつぁん、野郎の本当の名と素性を何としてでも思い出してくれ」

半次は頼んだ。

「ああ……」

やはり、茶店の亭主の佐平は、盗人に間違いなかったのだ。

半次は、茶店の佐平を見た。

佐平は、忙しく客の相手をしていた。

「そうか、やはり盗人だったか……」

半兵衛は頷いた。

「はい。名や素性は、今、隙間風の五郎八が思い出そうとしていますが、昔、盗人として逢った事があるそうです」

半次は報せた。

「となると、目利きの桂井道悦は、備前長船景光が水野屋敷の何処にあるか見定め、盗人の佐平に盗み出させ、欲しがっている者に高値で売るか……」

半兵衛は読んだ。

「きっと。で、道悦、佐平が水野屋敷から盗み出した備前長船景光の名刀、もう誰かに売ってしまったかですね」

半次は眉をひそめた。

「うむ……」

半兵衛は、厳しい面持ちで頷いた。

「旦那、親分……」

音次郎が帰って来た。

「おう。道悦が逢っていた侍、鳥山藩の誰か分かったか……」

半次は訊いた。

「はい。鳥山藩のお納戸役、島崎竜蔵って家来だと思います」

音次郎は報せた。

「お納戸役の島崎竜蔵か……」

半兵衛は頷いた。

「はい。烏山藩のお殿さま、茶の湯や俳句に凝っている風流人だそうでしてね。近頃は名刀集めを始めたとか……」

音次郎は告げた。

「それで、お納戸役の島崎竜蔵が目利きの桂井道悦に逢ったか……」

半兵衛は苦笑した。

「はい。きっと……」

音次郎は頷いた。

「旦那……」

半次は、身を乗り出した。

「うむ。目利きの道悦、烏山藩の殿さまが備前長船景光を欲しがっていると知り、盗人の佐平に盗ませ、高値で売り払ったか……」

半兵衛は、備前長船景光の名刀の一件の経緯を読んだ。

「ええ。で、どうします」

半次と音次郎は、半兵衛の指図を待った。

「うん。先ずは備前長船景光がどうなっているか見定めてからだ……」

盗まれた備前長船景光が、烏山藩の殿さま大久保忠成の手に渡っていると、事は大名相手の面倒になる。

事は急ぐ……。

半兵衛は、備前長船景光が大久保忠成の手に渡っていない事を願った。

四

三味線堀は小さく波立っていた。

半兵衛は、半次や音次郎と烏山藩江戸上屋敷の表門前に佇んでいた。

「旦那……」

半次と音次郎は、半兵衛を心配した。

「心配するな……」

半兵衛は笑った。

表門脇の潜り戸が開き、番士が出て来た。

「お待たせ致した。どうぞ……」

番士は半兵衛に告げた。

「うむ。じゃあな……」

半兵衛は頷き、半次と音次郎に笑い掛けて番士に誘われて潜り戸を潜った。

潜り戸が閉められた。

半次と音次郎は、心配そうに見送った。

半兵衛は、中庭を眺めながら出された茶を飲んだ。

中庭は美しく手入れがされ、屋敷内は穏やかな雰囲気に満ちていた。

殿さまの大久保忠成は俳号を持つ風流人……。

半兵衛は、小さな笑みを浮かべた。

「お待たせ致しました。鳥山藩納戸役の島崎竜蔵です」

羽織袴の島崎竜蔵が座敷に入って来た。

「北町奉行所同心の白縫半兵衛です。急な訪問を御容赦下さい」

半兵衛は詫びた。

「いいえ。して、御用とは……」

島崎は、半兵衛に探るような眼を向けた。

「他でもありません。島崎どのは目利きの桂井道悦を御存知ですな」

「はい……」

島崎は、半兵衛を見詰めて頷いた。

「目利きの桂井道悦、どうやら出入りの武家屋敷の名刀の所蔵場所を突き止め、盗賊に盗み出させ、高値で売り捌いておりましてね」

半兵衛は、島崎に笑い掛けた。

「えっ……」

島崎は、緊張を滲ませた。

「もし、道悦が持ち込んだ備前長船景光の名刀があるならば、それは盗んだ物です」

「盗んだ物……」

「左様。それを知ってて買えば、只では済みません……」

半兵衛は、島崎を見据えた。

「只では済まぬ……」

島崎は眉をひそめた。

「はい。御公儀の知る処となった上、江戸市中の噂となり、世間から後ろ指を指され、天下の笑い者になるものかと……」

半兵衛は冷笑した。

「白縫どの……」

島崎は、僅かに狼狽えた。

「島崎どの。まさか道悦の持ち込んだ備前長船景光の名刀、既に大久保忠成さまの許に……」

半兵衛は、島崎に探る眼を向けた。

「ござらぬ……」

「ない……」

「左様。盗品の備前長船景光の名刀、我が殿の許には無論、烏山藩にはござらぬ」

島崎は、半兵衛を見詰めた。

「まことに……」

半兵衛は念を押した。

「如何にも。まことにございます」

島崎は、半兵衛を見据えて告げた。

「ならば、備前長船景光は……」

「未だ目利きの道悦の許にあるものと……」

島崎は、必死の面持ちで告げた。

嘘偽りはない……。

半兵衛は見定めた。

「ならば、此以上、目利きの桂井道悦との拘わりは持たぬ事ですな」

半兵衛は苦笑した。

「白縫どの……」

島崎は、微かな安堵を過ぎらせた。

「それが烏山藩の為、お殿さまの大久保忠成さまの為にございます」

半兵衛は笑った。

半兵衛は、盗まれた備前長船景光の名刀が烏山藩藩主大久保忠成の許にないと見定めた。

「じゃあ、備前長船景光の名刀、未だ目利きの桂井道悦か、盗人の佐平の処にあるんですね……」

半次は読んだ。

「うむ。そこでだ、半次。お前は目利きの桂井道悦を見張ってくれ、私と音次郎は、茶店に踏み込んで佐平をお縄にし、家探しをする」

半兵衛は告げた。

「心得ました。じゃあ……」

半次は、牛込岩戸町の常磐津の師匠おまきの家に急いだ。

半兵衛は、音次郎と捕り方を従えて神田明神門前町の茶店に向かった。

神田明神門前町の茶店には数人の客がおり、佐平と女房のおこまが相手をしていた。

半兵衛は、茶店を捕り方たちに囲ませた。

「半兵衛の旦那……」

隙間風の五郎八が現れた。

「おう。どうした、五郎八……」

半兵衛は迎えた。

「はい。茶店の亭主、佐平の正体が分かりましたぜ」

五郎八は、嬉しそうに笑った。

「そいつは出来した。して……」

半兵衛は促した。

「はい。佐平は霞の平左って盗人で、女房のおこまと倅の佐助は手下です」

五郎八は、茶店にいる佐平を見ながら報せた。

「霞の平左か……」

「はい。霞のように押し込み、小判とお宝を盗んで霞のように消える冷酷非情な盗人です」

「よし、音次郎。お前は手下の佐助を捕らえろ。私は平左とおこまを捕らえる」

「合点です」

音次郎は、懐の十手を握り締めた。

「旦那、お手伝いしますぜ」

五郎八は意気込んだ。

「五郎八、お前は万が一逃げる者がいたら追ってくれ」

「承知……」

五郎八は頷いた。

「よし。行くよ、音次郎……」

「はい……」

半兵衛は、音次郎を従えて茶店に向かった。

「いらっしゃいませ……」

佐平こと盗賊霞の平左は、半兵衛と音次郎を迎えた。

「やあ。盗人の霞の平左だね」

半兵衛は笑い掛けた。

佐平は驚き、身を翻して逃げようとした。

半兵衛は、十手を鋭く一閃した。

佐平は、首筋を鋭く打ち据えられて気を失い、前のめりに倒れた。

音次郎は、佐助を捜して店の奥に走った。

「おこま、此迄だよ」

半兵衛は、店の隅に立ち竦んでいるおこまに笑い掛けた。

おこまは、その場にへなへなと崩れ落ちた。

半兵衛は、おこまを捕らえた。

音次郎は、佐助を捜した。
佐助は、店の奥の茶汲場から裏路地に逃げ出した。
「待て……」
音次郎は追った。
佐助は、素早い身の熟(こな)しで路地を逃げた。
音次郎は、懸命に追った。
佐助の行く手に五郎八が現れた。
「邪魔だ。爺(じじ)い、退(ど)け……」
佐助は怒鳴った。
刹那(せつな)、五郎八は両手に持っていた二本の薪(まき)を佐助に投げ付けた。
佐助は、一本目の薪を辛うじて躱(かわ)した。だが、二本目の薪が顔面に当たった。
佐助は、仰(の)け反(ぞ)った。
音次郎が跳び掛かり、十手で殴り付けた。
佐助は、殴られた頭を抱えて蹲(うずくま)った。
「神妙(しんみよう)にしやがれ……」
音次郎は、蹲った佐助を押し倒して馬乗りになり、捕り縄を打った。

「助かったぜ、父っつあん……」

音次郎は、五郎八に礼を述べた。

「馬鹿野郎が、爺いを嘗(な)めたのが命取りだ……」

五郎八は嘲笑(あざわら)った。

音次郎は、縛り上げた佐助を茶店に引き立てた。

茶店には捕り方たちが入り込み、佐平こと盗賊霞の平左とおこまを捕り押さえていた。

「盗賊の霞一味の佐助です……」

音次郎は、佐助を捕り方に引き渡し、奥の居間に入った。

半兵衛が、居間の隣の座敷で家探しをしていた。

「半兵衛の旦那……」

音次郎は声を掛けた。

「おう……」

「佐助はお縄にしました」

音次郎は報せた。

「そうか、御苦労さん。佐平こと霞の平左は、目利きの桂井道悦に頼まれて水野屋敷に忍び込み、備前長船景光の名刀を盗み出したのを認めたよ」

半兵衛は教えた。

「そうですか、で、その名刀は……」

「うむ。ざっと家探しをしたが、霞の平左の云う通り、此処にはないな……」

半兵衛は、厳しい面持ちで調べた居間と座敷の中を見廻した。

「じゃあ……」

「ああ。どうやら、未だ目利きの桂井道悦の処にあるようだね」

半兵衛は苦笑した。

外濠は煌めき、牛込御門から続く神楽坂は陽差しに照らされていた。

半兵衛と音次郎は、神楽坂を上がり、善国寺前を通って肴町の辻を南に曲がった。

その先に岩戸町があり、裏通りに目利きの桂井道悦の情婦である常磐津の師匠のおまきの家がある。

半兵衛と音次郎は急いだ。

板塀に囲まれた常磐津の師匠おまきの家からは、三味線の爪弾き(つまびき)が洩れていた。

半次は、物陰から見張りを続けていた。

目利きの桂井道悦は、朝から家を出ていない……。

半次は見定めていた。

「親分……」

音次郎と半兵衛がやって来た。

「旦那、音次郎……」

「道悦は……」

半兵衛は尋ねた。

「います……」

半次は、三味線の爪弾きの洩れているおまきの家を示した。

「そうか……」

「で、旦那、茶店の佐平は……」

半次は尋ねた。

「うん。五郎八が、佐平は霞の平左と云う盗人だと突き止めて来てね」

「霞の平左……」

半次は眉をひそめた。

「うん。それで、お縄にして家探しをしたが、備前長船景光はなかった」

「じゃあ……」

「うむ。未だ目利きの桂井道悦の許にある筈だ……」

半兵衛は睨んだ。

「野郎……」

半次は、おまきの家を見詰めた。

「よし、踏み込むよ。音次郎……」

半兵衛は、音次郎を促した。

「はい……」

音次郎は、板塀の木戸門を抉じ開けて中に入った。

半兵衛と半次が続いた。

三味線の爪弾きは続いていた。

音次郎は、家の格子戸を僅かに開けた。

格子戸に心張棒(しんばりぼう)は掛けられていなかった。

「旦那……」

音次郎は、半兵衛の指図を仰いだ。

「よし、此処からは私が入る。半次は庭、音次郎は勝手口に廻ってくれ」

半兵衛は命じた。

「承知……」

半次と音次郎は頷き、庭と勝手口に廻った。

半兵衛は格子戸を開けて、三和土(たたき)に踏み込んだ。

三味線の爪弾きは続いた。

半兵衛は、三和土から廊下に上がり、三味線の爪弾きが洩れて来る方に進んだ。

居間ではおまきが三味線を爪弾き、目利きの桂井道悦が昼酒を楽しんでいた。

「良いのかい、お前さん。昼間からお酒なんか飲んで……」

「ああ。烏山藩の島崎竜蔵が備前長船景光の代金、二百両を持って料理屋に来るのは、暮六つ（午後六時）。それ迄に酒は抜けるさ……」

道悦は薄く笑った。

「島崎は来ない……」

半兵衛の声がした。

「えっ……」

道悦とおまきは驚き、半兵衛の声がした廊下を見た。

廊下の襖が開き、半兵衛が現れた。

「好きなだけ酒を飲むんだな」

半兵衛は笑った。

道悦は、咄嗟に猪口を半兵衛に投げ付けた。

半兵衛は、十手で鋭く打ち払った。

猪口は砕け散った。

「お前さん……」

おまきは悲鳴を上げた。

道悦は、台所に逃げようとした。

台所から音次郎が現れた。

道悦は、庭に逃げようと座敷の縁側に走った。

庭先に半次が現れた。

道悦は怯(ひる)み、立ち尽くした。

「目利きの桂井道悦、勝手知ったる水野屋敷に盗人の霞の平左を忍び込ませ、備前長船景光を盗ませ、烏山藩の大久保忠成さまに高値で売ろうとした企(くわだ)て、既に露見している。神妙にするんだね」

半兵衛は笑った。

「そ、そんな……」

道悦は、顔色を変えて小刻みに震えた。

「道悦、五年前にも同じ手口で堀田将監さまから備前長船景光を奪い、水野一学さまに売ったのだな」

半兵衛は問い質した。

「あ、あれは、水野さまの頼みだ。水野一学さまが何としてでも備前長船景光が欲しいと仰ったから……」

道悦は声を震わせた。

「よし。道悦、詳しい事は大番屋で聞かせて貰うよ」

半兵衛は冷ややかに告げた。

音次郎は、素早く道悦に捕り縄を打った。

桂井道悦は項垂れた。

「旦那……」

半次は、座敷の押し入れから金襴の刀袋に入った刀を持って来た。

半兵衛は、金襴の刀袋の中の刀を抜いた。

刀は美しい輝きを放った。

美しい輝きは、人を血迷わせる妖しさでもあった。

北町奉行所吟味方与力の大久保忠左衛門は、半兵衛の探索結果の報告を受けた。

「ならば半兵衛。旗本の水野一学、五年前に備前長船景光が欲しくて、目利きの桂井道悦に命じて堀田将監の許から盗み出させたのか……」

忠左衛門は、細い首の筋を引き攣らせた。

「はい。そして道悦は盗賊の霞の平左に盗み出させ、水野一学に高値で売ったそうです」

半兵衛は告げた。

「そして、今度は水野一学の許から備前長船景光を盗んだのか……」

「はい。そして、或る大名家の殿さまに二百両で売り付けようとしておりました……」

半兵衛は苦笑した。

「おのれ、桂井道悦。何と狡猾な……」

忠左衛門は、筋張った細い首を伸ばして呆れた。

「それにしても、水野一学、我ら町奉行所の支配違いとは云え、此のままで宜しいものかと……」

半兵衛は眉をひそめた。

「宜しい筈がない。水野一学の事はお目付と評定所に報せ、御公儀のお裁きを受けさせてくれる」

忠左衛門は、怒りに嗄れ声を震わせた。

「流石は大久保さま。ならば、私も水野一学の悪い噂を世間に広めますか……」

「うむ。半兵衛、遠慮は無用だ」

「心得ました」

半兵衛は笑った。

大久保忠左衛門は、目利きの桂井道悦と盗賊の霞の平左を死罪に処した。そして、事の元凶である旗本水野一学を目付と評定所に訴えた。

半兵衛は、音次郎に命じて水野一学の悪事を江戸の町に広めさせた。

評定所は、旗本水野一学に切腹、水野家所領の半減を命じた。そして、騒ぎの原因になった備前長船景光の名刀は、かつての持ち主だった旗本堀田将監に返さず、公儀没収と決まった。

そこには、堀田将監の備前長船景光の入手の経緯に不審な処があったからだった。

堀田将監は、異議を申し立てなかった。

それは、五年も昔の事だからか、それとも他に理由があるのか……。

何れにしろ、騒ぎは終わった。

「旦那、道悦と霞の平左が水野家から盗んだ備前長船景光を買おうとした烏山藩の殿さま、大久保忠成さまはいいんですか……」

　半次は尋ねた。

「うむ。ま、烏山藩の納戸方の島崎竜蔵が盗品の備前長船景光を買い取るのを思い止まり、目利きの桂井道悦の手口を証言したのに免じてね……」

　半兵衛は告げた。

「知らん顔の半兵衛さんですか……」

　半次は苦笑した。

「ま、世の中には我々町奉行所の者が知らん顔をした方が良い事もあるさ……」

　半兵衛は微笑(ほほえ)んだ。

この作品は双葉文庫のために書き下ろされました。

双葉文庫

ふ-16-62

新・知らぬが半兵衛手控帖

出戻り

2023年6月17日　第1刷発行

【著者】
藤井邦夫
©Kunio Fujii 2023
【発行者】
箕浦克史

【発行所】
株式会社双葉社
〒162-8540 東京都新宿区東五軒町3番28号
［電話］03-5261-4818(営業部)　03-5261-4868(編集部)
www.futabasha.co.jp(双葉社の書籍・コミックが買えます)

【印刷所】
中央精版印刷株式会社

【製本所】
中央精版印刷株式会社

【フォーマット・デザイン】
日下潤一

落丁・乱丁の場合は送料双葉社負担でお取り替えいたします。「製作部」宛にお送りください。ただし、古書店で購入したものについてはお取り替えできません。［電話］03-5261-4822(製作部)

定価はカバーに表示してあります。本書のコピー、スキャン、デジタル化等の無断複製・転載は著作権法上での例外を除き禁じられています。本書を代行業者等の第三者に依頼してスキャンやデジタル化することは、たとえ個人や家庭内での利用でも著作権法違反です。

ISBN978-4-575-67162-9 C0193
Printed in Japan

藤井邦夫

曼珠沙華（まんじゅしゃげ）

新・知らぬが半兵衛手控帖

時代小説〈書き下ろし〉

藤井邦夫の人気を決定づけた大好評の「知らぬが半兵衛手控帖」シリーズ。その続編が4年ぶりに書き下ろし新シリーズとしてスタート！

藤井邦夫

思案橋（しあんばし）

新・知らぬが半兵衛手控帖

時代小説〈書き下ろし〉

楓川に架かる新場橋傍で博奕打ちの猪之吉が死体で発見された。探索を始めた半兵衛の前に猪之吉の情婦の家の様子を窺う浪人が姿を現す。

藤井邦夫

緋牡丹（ひぼたん）

新・知らぬが半兵衛手控帖

時代小説〈書き下ろし〉

奉公先で殺しの相談を聞いたと、見知らぬ娘が半兵衛を頼ってきた。五年前に死んだ鶴次郎の半纏を持って……。大好評シリーズ第三弾！

藤井邦夫

名無し（ななし）

新・知らぬが半兵衛手控帖

時代小説〈書き下ろし〉

殺しの現場を見つめる素性の知れぬ老人。後を追った半兵衛に権兵衛と名乗った老爺は何を隠しているのか。大好評シリーズ待望の第四弾！

藤井邦夫

片えくぼ

新・知らぬが半兵衛手控帖

時代小説〈書き下ろし〉

音次郎が幼馴染みのおしんを捜すと、おしんは思わぬ事件に巻き込まれていた……。粋な人情裁きがますます冴える、シリーズ第五弾！

藤井邦夫　新・知らぬが半兵衛手控帖　**狐の嫁入り**　時代小説〈書き下ろし〉

行方知れずだった薬種問屋の若旦那が嫁を連れて帰ってきた。その嫁、ゆりに不審な動きが。知らん顔がかっこいい、痛快な人情裁き！

藤井邦夫　新・知らぬが半兵衛手控帖　**隠居の初恋**　時代小説〈書き下ろし〉

吟味方与力・大久保忠左衛門の友垣が年甲斐もなく、後家に懸想しているかもしれない。連れ立って歩く二人を白縫半兵衛が尾行ると……。

藤井邦夫　新・知らぬが半兵衛手控帖　**戯(たわ)け者**　時代小説〈書き下ろし〉

昼間から金貸し、女郎屋、賭場をめぐる。旗本の部屋住みの、絵に描いたような戯け者を尾行た半兵衛たちは、その隠された意図を知る。

藤井邦夫　新・知らぬが半兵衛手控帖　**招き猫**　時代小説〈書き下ろし〉

ある晩、古い茶店に何者かが忍び込み、床下に大きな穴を掘っていった。何も盗まず茶店を後にした者の目的とは⁉　人気シリーズ第九弾。

藤井邦夫　新・知らぬが半兵衛手控帖　**再縁話**　時代小説〈書き下ろし〉

臨時廻り同心の白縫半兵衛に、老舗茶道具屋の出戻り娘との再縁話が持ち上がった。だが、その茶道具屋の様子を窺う男が現れ……。

藤井邦夫

新・知らぬが半兵衛手控帖
古傷痕（ふるきず）

時代小説〈書き下ろし〉

顔に古傷のある男を捜す粋な形の年増女。湯島天神の奇縁氷人石に託したその想いとは!? 人気時代小説、シリーズ第十一弾。

藤井邦夫

新・知らぬが半兵衛手控帖
一周忌

時代小説〈書き下ろし〉

愚か者と評判の旗本の倅・北島右京が姿を消した。さらに右京と連んでいた輩の周辺には総髪の浪人の影が……。人気シリーズ第十二弾。

藤井邦夫

新・知らぬが半兵衛手控帖
偽坊主

時代小説〈書き下ろし〉

質屋や金貸しの店先で御布施を貰うまで経を読み続ける托鉢坊主。怒鳴られても読経をやめぬ坊主の真の狙いは？ 人気シリーズ第十三弾。

藤井邦夫

新・知らぬが半兵衛手控帖
天眼通（てんがんつう）

時代小説〈書き下ろし〉

往来で馬に蹴られた後、先の事を見透す不思議な力を授かった子守娘のおたま。奉公先の隠居が侍に斬られるところを見てしまい……。

藤井邦夫

新・知らぬが半兵衛手控帖
埋蔵金

時代小説〈書き下ろし〉

埋蔵金騒動でてんやわんやの鳥越明神。そんな中、境内の警備をしていた寺社方の役人が殺害された。知らん顔の半兵衛が探索に乗り出す。

藤井邦夫

新・知らぬが半兵衛手控帖
隙間風
時代小説〈書き下ろし〉

藪医者と評判の男を追いまわす小柄な年寄りがいた。その正体は盗人〈隙間風の五郎八〉。北町同心の白縫半兵衛は不審を抱き探索を始める。

藤井邦夫

新・知らぬが半兵衛手控帖
律義者
時代小説〈書き下ろし〉

旗本成島家当主の平四郎が嫡男の元服後に姿を消した。白縫半兵衛が探索を開始すると、平四郎の朋友がある女の行方を追い始める。

藤井邦夫

新・知らぬが半兵衛手控帖
お多福
時代小説〈書き下ろし〉

欲に目がくらんで大金を騙し取られた小間物屋の主・宗兵衛の身に降りかかった災難。同心の白縫半兵衛がその仕掛け人を追う！

藤井邦夫

新・知らぬが半兵衛手控帖
出戻り
時代小説〈書き下ろし〉

大店の一人娘と働き者で評判の若き奉公人。夜陰に紛れて姿を消した二人の仲は道ならぬ恋か、それとも勾引しか!? シリーズ第十九弾。

藤井邦夫

御刀番 黒木兵庫
無双流逃亡剣
長編時代エンターテインメント

命を狙われた水戸徳川家の長子・虎松。裏柳生の凶刃を撥ねのけ、虎松を無事江戸に逃がすことが出来るのか!?